www.tredition.de

AF216870

Robin Hut

Wendepunkte

und andere Schicksale

www.tredition.de

© 2020 Robin Hut
© 2021 Robin Hut (2. überarbeitete Auflage)

Titelgestaltung: Sophie von Luhering

Verlag und Druck:
tredition GmbH, Halenreie 40-44, 22359 Hamburg

ISBN
Paperback: 978-3-347-08752-1
Hardcover: 978-3-347-08753-8
e-Book: 978-3-347-08754-5

Inhaltsverzeichnis

Anmerkung des Autors:

Dieses Buch basiert im Wesentlichen auf eigenen Einfällen und eigenem Erleben. Grundsätzlich sind alle Gegebenheiten und Personen rein fiktiv. Eventuelle Ähnlichkeiten mit lebenden Personen wären rein zufällig.

Allerdings entstehen eigene Ideen durchaus auch im Zusammenhang mit Informationen, die ich irgendwann, irgendwie und irgendwo aufgenommen habe. Gesehen, gehört, gelesen. Und daraus entstehen dann Geschichten und Ähnliches. Leider kann ich nicht völlig ausschließen, dass die eine oder andere schon mal recht nahe an der ursprünglichen Information geblieben ist, besonders wenn dazwischen eine gewisse Zeit vergangen ist. Daher bitte ich rein vorsorglich schon einmal um Vergebung, wenn ich eine Idee oder gar ein Zitat von jemand anderem verwendet haben sollte, ohne dies speziell zu kennzeichnen. Dann ist dies sicherlich ohne Arg geschehen, und meinem schwächelnden Erinnerungsvermögen zuzuschreiben. Ich bitte um Freispruch, Euer Ehren!

Lieber für einen Tag Tiger als ein Leben lang Schaf.

(Altes tibetanisches Sprichwort)

Biographie

Gestatten, mein Name ist Hut, Robin Hut. Meine Martinis mag ich am liebsten von einer rührenden Barkeeperin geschüttelt. Anders als mein berühmter englischer Namensverwandter lebe ich nicht in den Tiefen des Sherwood Forest, sondern in einem Forsthaus im Norden Deutschlands. Und mich begleitet auch kein fetter, glatzköpfiger Mönch namens Bruder Tuck, sondern eine hübsche, blonde Frau und ein ebenso bezaubernder, kleiner Hund namens Miss Sophie.

Geboren in der späten Mitte des vergangenen Jahrhunderts wuchs ich in einer westdeutschen Großstadt auf, die sich mit wechselndem Erfolg durch Eingemeindungen immer wieder redlich Mühe gab, eine Millionenstadt zu werden. Nach Studium und Ausflügen in die Welten von Werbung, Industrie und Kunst habe ich nun beschlossen, endlich meinem Innersten nachzugeben und der Menschheit meine erstklassige Gebrauchslyrik und ideenreiche Prosa nicht mehr vorzuenthalten.

Die bei meiner Geburt schon vorhandene Neigung zu Undichtigkeiten begleitet mich seitdem, mittlerweile allerdings eher in literarischer Form. Und wenn es sich mal nicht reimt, soll es wenigstens dichten. Zum Leidwesen meiner Gattin kommen mir die besten Ideen und Verse oft schon morgens beim Rasieren oder spätestens beim Hundespaziergang. Und so ist sie stets die erste Testerin meiner geistigen Ergüsse. Ich gebe zu, das ist sicherlich

manchmal hart, und ich entschuldige mich für das zuge-
fügte Leid in aller Form. Aber meine Liebste ist hart im
Nehmen. Mein Hund weniger, was sich durch anhalten-
des Knurren zeigt. So entstanden zunächst die "Undichtigkeiten", eine Sammlung von Schrägem, Poetischem
und Prosaischem.

Parallel dazu beschäftigt mich immer wieder die Frage,
wie Menschen wohl reagieren, wenn das Schicksal
sie manipuliert. Wenn gewissermaßen Einbahnstraßen,
Durchfahrtverbote, Fahrbahnverengungen und Sackgas-
sen dafür sorgen, dass das Leben in anderen Bahnen verläuft als geplant. Was passiert an diesen Wendepunkten?
Und welches sind die Konsequenzen?

Dreizehn Kurzgeschichten beschreiben das mehr oder
minder wahre Leben auf ideenreiche Art und Weise:
schicksalhafte Begegnungen, fundamentale Erkenntnisse,
überraschende Wendungen, familiäre Beziehungen, kri-
minelle Machenschaften, süße Rachepläne und erotische
Verlockungen. Eben, wie das Leben so spielt.

Hier sind sie nun endlich: die ‚Wendepunkte'!

PS: Eigentlich wollte ich ja eine Autobiographie
schreiben. Aber letztlich hat man mich doch noch
überzeugt, dass sich der geneigte Leser wohl eher
nicht für meine Autos interessieren dürfte.

Der Jackpot

An der Materialausgabe des Sanitärgroßhandels, an der Felix Gruber arbeitet, hat es wieder einmal Ärger gegeben. Zwei Waschtischarmaturen in Luxusausführung fehlen und es gibt keine Erklärung dafür. Sein Chef hat ihn heute bereits rund gemacht und gedroht, dass er ihm, dem Herrn Gruber, die 1.500 Euro vom Lohn abziehen werde, falls die beiden Teile nicht wieder auftauchen sollten. Für Felix eine Katastrophe, denn wie soll er dann die Raten für den achtjährigen Gebrauchtwagen und die neue Waschmaschine abbezahlen. Das Bankkonto ist ohnehin immer hoffnungslos überzogen. Abends zuhause vor dem Fernseher träumen seine Freundin Mandy und er, wie so oft, von weiten Reisen in ferne Länder, malen sich aus, sie spazierten einen palmengesäumten, tropischen Sandstrand entlang oder besichtigten die Pyramiden. Leider nur Träume, die sich nie erfüllen werden. Wie auch? Der Alltag der Beiden verläuft eher ohne Sensationen, wenn man von dem ständigen Ärger auf der Arbeit einmal absieht. Mandy hat sich auch mal wieder mit unfreundlichen, arroganten Kunden herumplagen müssen in der Schuhabteilung des riesigen Einkaufscenters Badenhof, in der sie seit nunmehr vier Jahren für einen kleinen Lohn arbeitet. Oder besser gesagt, arbeiten muss. Denn sonst wüssten sie nicht, wie sie ihren Lebensunterhalt bestreiten sollten. Und das trotz der billigen Geiz-ist-geil Angebote jeden Framstag bei Brutto.

Im Frühstücksradio kommt die Meldung: "Der Jackpot mit 75 Millionen Euro wurde diesmal von einem Lottospieler in Schleswig-Holstein geknackt."

Felix Gruber aus Itzehoe spielt seit Jahren Lotto. Und seit es den Jackpot und das Internet gibt, hat er ein Jackpot-Abonnement, das garantiert, dass er keine Verlosung versäumt. Wenn er doch nur einmal gewinnen würde! Es müssten ja nicht gleich die 75 Millionen sein - nein - er wäre auch mit 1 Million, ach, mit 100.000 Euro schon zufrieden.

Und dann, nach vielen Jahren der wöchentlichen Anspannung an jedem Freitag, geschieht das Unfassbare: er gewinnt 75 Millionen Euro. Bei einer Chance von 1 zu 96 Millionen ist ausgerechnet Felix der Glückliche! Ganz offensichtlich haben seine Eltern ihm doch den richtigen Namen gegeben.

Wahnsinn! Auf einmal rücken alle Träume der vergangenen Jahrzehnte in greifbare Nähe. Felix träumte schon immer davon, einmal ferne Länder zu bereisen: Kanada, Neuseeland, Südafrika u.v.m. Doch nie reichte das Ersparte für mehr als zwei Wochen Urlaub in Antalya oder auf Kos. Bestenfalls mit Plastikbändchen am Handgelenk: All-Inclusive. Oder für ein Winterwochenende bei Schneematsch im Sauerland oder im Harz. Und jetzt endlich: Alles ist möglich!

75 Millionen - eine schier unvorstellbare Summe. Nie mehr Sorgen haben zu müssen. Sich alles leisten zu können, was man sich wünscht. Ein Leben ohne jede Einschränkung. Kurz gesagt: das Paradies öffnet sich!

Die Euphorie ist groß! Felix und seine langjährige Freundin Mandy überlegen, dass sie beide ihren Job aufgeben sollten. Er den seinen als Lagerist im Sanitärgroßhandel und sie den als Schuhverkäuferin. Und dann würden sie nur noch reisen, in alle Erdteile, nach Afrika, Nord- und Südamerika, Australien und nach Asien. Die ganze Welt kennen lernen.

Mit 75 Millionen Euro auf der hohen Kante hätten sie selbst bei den rekordverdächtig niedrigen Zinsen von nur 2 % allein aus den Zinserträgen immer noch 125.000 Euro in jedem Monat zur Verfügung: hundertfünfundzwanzigtausend! Das könnten sie überhaupt nicht ausgeben. Selbst wenn sie nur in den Suiten der Luxushotels wohnen und jeden Tag Hummer und Kaviar essen und täglich tausend Euro verprassen würden, hätten sie jeden Tag noch 3.000 Euro übrig, jeden Tag! Unvorstellbar, aber wahr! Sie würden sich nichts kaufen, was die Freiheit einschränkt, keine Luxusvilla, keinen teuren Sportwagen, keine Yacht. Nichts von den üblichen Statussymbolen der Reichen. Nichts davon, sondern einfach nur die Welt entdecken, aber dafür gleich die ganze Welt!

Drei Tage später liegt im Briefkasten die Bestätigung der Lottogesellschaft. Ein Mitarbeiter möchte einen Termin mit Felix vereinbaren. Ob der wohl einen Koffer mit Bargeld dabei haben wird? Bei der Summe kaum vorstellbar. Und überhaupt, Lottogewinne werden doch immer per Überweisung ausgezahlt. Na, da wird sich die Sparkasse aber wundern, wenn statt der üblichen Miesen auf dem Konto auf einmal 75 Millionen sind! Das ist ja mehr als man bei einem richtig fetten Bankraub erbeuten könnte oder es müsste schon die Bundesbank sein. Aber haben die überhaupt so viel Bares dort gelagert? So wie die amerikanischen Goldreserven in Fort Knox? Bestimmt nicht.

Das Geld steht inzwischen zur Verfügung, Felix und Mandy haben ihre Jobs zum Jahresende gekündigt und planen die erste große Reise. Eine dreimonatige Amerikareise mit Schiff, Flugzeug und Wohnmobil soll es werden. Zunächst mit dem Schiff nach New York, dann Kanada entdecken, auf der Panamericana von Alaska nach Feuerland, natürlich mit ausgiebigen Abstechern nach Westen und Osten. Und zum Abschluss noch vier Wochen nach Hawaii auf den Spuren des Fernsehdetektivs Thomas Magnum.

Und die nächsten Reisen würden sie dann in die ganze Welt führen. Von Südamerika aus nach Südafrika. Mit dem Blue Train von Kapstadt nach Johannesburg. Auf Safaris Löwen, Elefanten und

Giraffen in freier Wildbahn erleben. In Asien dann Tibet, die Maharadscha-Schlösser Indiens, die berühmten Tempel in Südostasien, Hongkong, Shanghai, Peking, Bangkok, Bali, Singapur bis nach Australien und Neuseeland. Die Malediven nicht zu vergessen.

* * *

Felix hat seit zwei Wochen ein flaues Gefühl in der Magengegend. Er denkt, das sei sicherlich nur die Aufregung. Kein Wunder nach solchen 'breaking news', wie es auf Neudeutsch mittlerweile heißt. Vor der geplanten Weltreise solle er unbedingt mal beim Arzt danach sehen lassen, rät ihm Mandy, zumal in den letzten Tagen auch noch Rückenschmerzen hinzugekommen sind.

Der Hausarzt untersucht ihn gründlich und überweist ihn an einen niedergelassenen Onkologen. Felix ist beunruhigt. Er wird doch wohl nicht krank werden, jetzt, wo doch das Paradies vor ihm liegt.

Nach Ultraschall und Röntgen wird Felix in die onkologische Abteilung der Hamburger Universitätsklinik in Eppendorf geschickt. Dort werden eine Kernspin-Tomografie und weitere spezifische Untersuchungen gemacht. Am Tage darauf bittet ihn der Oberarzt der Onkologie in seine Sprechstunde. "Ich muss Ihnen leider eine schlechte Nachricht mitteilen", sagt der Arzt. "Sie müssen jetzt ganz stark sein! Sie haben ein Pankreas-Adenokarzinom und damit ist nicht zu spaßen." Völlig geschockt hat es Felix zunächst die Sprache verschlagen. Die Gedanken rasen durch seinen Kopf. Er weiß, dass das eine der übelsten Krebsarten ist. Endlich gelingt es ihm, seine Gedanken ein wenig zu sortieren und er fragt: "Wie geht es jetzt weiter, Herr Doktor? Bitte seien Sie ganz ehrlich!". Der Arzt beschließt, ihm die Wahrheit zu sagen: "Der Bauchspeicheldrüsen-Krebs ist leider ziemlich bösartig, wächst aggressiv und schnell und er streut. Es haben sich bereits Metastasen in anderen Organen gebildet. Deshalb können wir leider nicht mehr operieren. Wir sollten also schnellstens eine Chemotherapie durchführen. Damit könnten wir den Krebs wohl noch eine Weile aufhalten."

Zuhause angekommen wartet er, dass Mandy endlich von der Arbeit kommt. Er hält es kaum aus, zu warten, seine Verzweiflung nicht teilen zu können. Mandy ist ebenfalls am Boden zerstört, als sie von der Diagnose und der traurigen Prognose erfährt: "Es muss doch eine Möglichkeit geben, etwas gegen den Krebs zu tun! Du darfst die Hoffnung nicht aufgeben!"

Am folgenden Tag in der Klinik fragt Felix: "Wie lange habe ich denn noch, Herr Doktor?" "Wenn die Chemo anschlägt, schaffen Sie es bestimmt noch ein halbes Jahr, vielleicht auch länger. Aber dieser Krebs spricht auf Therapien nicht sonderlich gut an. Wie gesagt, die Aussichten sind nicht sehr gut."

Nur noch 6 Monate! Das ist ja gar nichts mehr! Und er hatte doch noch so große Pläne. Gerade jetzt! Nichts mehr mit Felix, dem Glücklichen. Eher Felix, der Todgeweihte. Scheiße, erst ein eher schwieriges Leben ohne besondere Perspektiven. Dann das Wunder, sich auf einmal alle Träume erfüllen zu können. Und jetzt das!

Mit einem Vermögen von 75 Millionen muss es doch möglich sein, die besten Ärzte der Welt aufzu-suchen, vielleicht in Amerika, die mir helfen, den Krebs zu besiegen. Mit so viel Geld muss man sich die Gesundheit doch kaufen können!

Vielleicht gibt es in den USA neue Therapien? In der Mayo-Klinik? Die haben doch so oft schon wah-re Wunder vollbracht. Mandy und Felix verbringen Stunden im Internet, versuchen irgendwelche Hin-weise auf neue Behandlungsmethoden für diese spezielle Krebsart zu finden: Nichts! Die Recherchen des behandelnden Onkologen ergeben ebenfalls: Nichts!

Alle Träume sind von einer Minute auf die ande-re unerfüllbar geworden. Felix hat nur noch einen Leidensweg vor sich und sie, Mandy, wird schließ-lich alleine bleiben. "Wir müssen alles daran setzen, dass dir wenigstens ein paar Monate mehr bleiben.

Vielleicht können wir wenigstens noch eine gemeinsame Weltreise unternehmen. Und vielleicht gibt es ja doch eine Heilungschance! Die Medizin entwickelt sich schließlich ständig weiter." Die Hoffnung stirbt zuletzt. Wie wahr dieser oft so lapidar dahingesagte Spruch ist, wird den Beiden erst jetzt bewusst. Alle Chancen nutzen heißt jetzt also, schnellstens die Chemotherapie zu beginnen. Je schneller, desto besser. Schon wieder so ein blöder Spruch. Schon wieder nur zu wahr.

Der erste Zyklus der Chemotherapie, bei dem im Abstand von wenigen Tagen hochwirksame Zytostatika verabreicht werden, die die Krebszellen zerstören und deren Wachstum hemmen sollen, beginnt. Da hierbei auch gesunde Zellen in Mitleidenschaft gezogen werden, leidet Felix während dieser Zeit unter völliger Erschöpfung, begleitet von heftiger Übelkeit und Durchfall. Aufgrund seiner Appetitlosigkeit, einer beginnenden Entzündung der Mundschleimhaut und Schluckbeschwerden fällt ihm auch das Essen schwer. Mandys Versuche, ihn durch ein liebevoll zubereitetes Essen ein wenig zu trösten, gelingen ihr nicht. Die Situation bessert sich im Laufe der Tage. Aber bei jeder Medikamentengabe beginnt das Leiden von Neuem. Wenigstens fallen die Haare noch nicht aus. Doch das wird sicherlich auch noch kommen.

Über die Auskünfte des Arztes hinaus hat sich Felix im Internet über seine Erkrankung informiert, allerdings sind die Informationen nicht gerade ermutigend. Bei beginnender Metastasierung und daher fehlender operativer Therapiemöglichkeiten beträgt die Lebenserwartung nur 3 bis 5 Monate, also noch weniger als sein Arzt in Aussicht gestellt hat. Wie soll das nur weitergehen? Und wohin wird es führen?

Die Untersuchung nach dem Ende des ersten Chemo-Zyklus ergibt, dass sich die Krebszellen weiter vermehrt haben. Inzwischen hat der Tumor sich auf die Gallenblase ausgedehnt und ist schon in die Wand des Zwölffingerdarmes eingewachsen. Die Leberwerte sind auch bedenklich, die Lebermetastasen wohl auch nicht mehr weit. Der nächste Therapiezyklus soll nun stationär erfolgen.

In der Klinik findet Felix noch weniger Ablenkung als zuhause, sein langsamer Verfall wird immer deutlicher. Inzwischen beginnen die Haare auszufallen und er verliert stetig an Gewicht. Ist ja auch kein Wunder, wenn er kaum etwas zu sich nimmt und das Wenige dann auch noch auskotzt. Seine Augäpfel fangen an, sich leicht gelblich zu verfärben, der Urin ist schon gelb und der Stuhl dunkel. Die Verengung des Gallengangs könne eine Gelbsucht auslösen, meinte die junge Stationsärztin, aber das würden sie medikamentös schon wieder in den Griff bekommen.

Die Nebenwirkungen der Chemotherapie nehmen zu, Felix quält sich von Tag zu Tag mehr. Wenn die Sonne in sein Zimmer scheint, muss er die Augen zukneifen, so lichtempfindlich sind sie geworden. Die Besuche sind stark eingeschränkt worden, um der hohen Infektionsanfälligkeit Rechnung zu tragen. Mandy hat sich auch untersuchen lassen müssen, ob sie keine ansteckende Krankheit hat, damit sie überhaupt zu ihm darf. Eine Grippe oder ein Darminfekt würden schon ausreichen, ihn in akute Lebensgefahr zu bringen. Glücklicherweise haben die Ärzte das Okay gegeben, dass sie ihn besuchen darf. Oft sitzt sie schweigend bei ihm, hält seine Hand und bemüht sich die Tränen zu unterdrücken.

Felix befürchtet, dass es nur noch schlechter gehen wird, jedenfalls nicht besser. Wenn nun auch noch Organe zu versagen beginnen und die Schmerzen immer heftiger werden, was hat es dann für einen Sinn, die Lebenszeit durch qualvolle Therapiezyklen zu verlängern? Das Todesurteil ist doch längst gesprochen. Zeit für eine letzte, große Reise mit seiner Mandy wird auch nicht mehr bleiben. Letztlich bleibt für die letzten Wochen, vielleicht Monate, nur noch, durch palliative Schmerztherapie die Lebensqualität nicht völlig unter null fallen zu lassen. Der Arzt sprach schon davon, man werde ihm die Best Supportive Care, so die fachliche Bezeichnung, zukommen lassen. Man würde dafür sorgen, dass er sich möglichst lange noch normal ernähren könne, auch wenn dies eines Tages nur auf künstlichem Wege über eine Sonde stattfinden werde. Wenn dann nicht einmal mehr Breichen und Flüssignahrung möglich wären, ist wahrscheinlich ist auch der künstliche Darmausgang nicht mehr weit, mutmaßt Felix. Und wofür das alles? Das Ende wäre in jedem Falle qualvoll. Und das Leiden unnötig lang.

* * *

Was wäre die Alternative? Felix hat sich schlau gemacht über Möglichkeiten der Sterbehilfe im Ausland, da dies in Deutschland nicht zulässig ist. Er könnte natürlich Mandy bitten, ihm beim Suizid zu helfen, aber das könnte er ihr schwerlich zumuten. Außerdem würde sie das wahrscheinlich ins Gefängnis bringen. Und sie hat ihm immer wieder unter Tränen gesagt: "Ich möchte dich nicht verlieren. Du musst durchhalten! Es wird bestimmt alles wieder gut." Dass dies lediglich eine Illusion ist, wissen sie beide.

Felix entdeckt im Internet den Hinweis auf eine Sterbeklinik in der Schweiz am Vierwaldstättersee. Seine Entscheidung steht fest. Er würde mit Mandy zusammen in die Schweiz fahren, sie würden sich für eine letzte Nacht in einem Luxushotel einquartieren, einen letzten Abend, eine letzte gemeinsame Nacht verbringen. Am nächsten Tag würde er Abschied nehmen von Mandy und von dieser Welt.

Der Quälerei ein Ende bereiten. War eben doch nichts mit dem großen Glück, mein lieber Felix!

* * *

Ein Jahr später.

Nach Wochen der Verzweiflung und des Haderns mit dem Schicksal hat Mandy ihr Leben wieder in den Griff bekommen. Die Lust aufs Reisen ist ihr allerdings erst einmal vergangen. Sie hat sich eine kleine Eigentumswohnung in Hamburg gekauft, mit den 75 Millionen die Felix-Gruber-Stiftung gegründet, welche palliativmedizinische Einrichtungen mit jährlich 1,5 Millionen Euro unterstützt und hat eine Initiative ins Leben gerufen, die sich für die Legalisierung der Sterbehilfe in Deutschland einsetzt.

Flug FG 712

Dr. Simon Gärtner sitzt auf dem Fensterplatz in der zweiten Reihe des Fluges FG 712 von Stockholm nach München. Sein Rückflug von der international besetzten Konferenz, auf der er als wissenschaftlicher Leiter der Sanorgis Pharma AG einen Vortrag gehalten hat, verläuft angenehm ruhig. Die charmante Stewardess serviert ihm mit einem Lächeln einen Whisky. Er schaut aus dem Fenster auf weite Wälder und Wiesen. Reife Kornfelder leuchten in der Sonne. Ein kleiner Fluss schlängelt sich durch die Landschaft bis zu einer Dorfkirche am Horizont.

Zufrieden denkt er an seinen Vortrag zurück, an den netten Abend an der Hotelbar, den er mit der attraktiven Ärztin aus Birmingham verbracht hat. Es hat ein wenig zwischen ihnen geknistert, aber mehr war da nicht. Doch regt die kurze Begegnung seine Phantasie an.

Was wäre, wenn? Was wäre, wenn er jetzt nicht in sein trautes Heim am Stadtrand von Freising, zu seiner langweiligen, ewig nörgelnden Frau Helga und den beiden pubertierenden Kindern zurückkehrte? Wenn er nicht wieder jeden Morgen um 8 Uhr ins Labor ginge? Wenn er nicht mehr jeden Mittwochabend nach dem Tennis die Stammtischparolen seiner bierseligen Kollegen ertragen müsste? Wenn er nicht mehr jeden Samstag beim Einkaufen mit Helga in dem riesigen, anonymen Supermarkt seine Zeit verschwenden müsste? Wenn er gar nichts mehr müsste? Wenn er stattdessen nur noch das täte, was er selber wollte?

Simon malt sich aus, wie er ganz entspannt durch die Hauptstraße von Ubud, dem künstlerischen Zentrum von Bali, schlendert. Wie er sich den exotischen Klängen und Düften Indonesiens hingibt, mitten in dem chaotischen Verkehr, in dem sich jeder mit jedem arrangiert. Ohne Zwänge, ohne ein Übermaß an Regeln.

Letzte Woche noch hat er sich stundenlang mit den Auswirkungen der DSGVO, der Datenschutzgrundverordnung, auf seinen Verantwortungsbereich auseinandersetzen müssen. Wahrlich ein Meisterwerk der Bürokratie. Dabei hatte ihn die Dokumentation für die Qualitätssicherung nach ISO-Norm 9001 vor 20 Jahren schon fast in den Wahnsinn getrieben.

Früher hatte ihm seine Arbeit wirklich Spaß gemacht. Wie euphorisch er damals als frisch gebackener Dr. rer. nat. seinem ersten Job in der Pharmaindustrie entgegen fieberte. Na schön, er hat ja auch viel erreicht, beruflich international anerkannt, die Doppelhaushälfte abbezahlt, zwei Autos vor der Tür, Mitglied im Lions Club, Golf-Handicap 18. Und doch ist er unzufrieden. Unzufrieden mit seinem gleichförmigen Leben, mit der fehlenden Perspektive. Wenn er daran denkt, dass er den Launen seiner Gattin ausgeliefert sein wird, sobald die Kinder aus dem Haus sind. Oder, noch schlimmer, wenn er in 14 Jahren in den Ruhestand gehen wird. Nur noch Helga und er. In trauter Zweisamkeit. Grausige Vorstellung.

Nach dem kleinen Imbiss - die Business Class ist auch nicht mehr das, was sie mal wahr - bestellt sich Simon noch einen weiteren Whisky. Zwar nur Ballantines und kein Single Malt, aber auch egal. Die Dämmerung hat eingesetzt, die ersten Lichter am Boden sind zu erkennen. Es ist nicht mehr weit bis München.

Was wäre, wenn er jetzt einfach den nächsten Flieger nach Bangkok nähme und dann weiter nach Bali. Die Ausweise hat er dabei, die goldenen Kreditkarten auch. Die Bankkonten sind gut gefüllt. Warum eigentlich nicht? Er würde Helga eine E-Mail schicken, so wie Hape Kerkeling: Ich bin dann mal weg. Vielleicht wäre sie auch ganz froh ohne ihn? Den Kindern wäre das sowieso egal, denn schließlich nervt Papa ja nur. Und die Firma, die kann mich mal!

Der Flieger ist gelandet, Simon holt seinen Koffer vom Gepäckband. Die Werbetafel einer großen Autovermietung rät: Nutze Deine Chance! Er begibt sich zum Schalter von Emirates Airlines. Ein paar Stunden später schaut Simon wieder einmal aus

dem Fenster. Wolkenloser Himmel. Unten sieht er
den Schatten des Flugzeugs über die Wüste Gobi
ziehen.

Henkersmahl

Im Alter von fast 80 Jahren pflegen Bernard und Suzanne immer noch einen liebevollen Umgang miteinander. Nach 52 Ehejahren nicht unbedingt selbstverständlich. Bernard bewegt sich nur noch mit krummem Rücken am Stock. Jede Bewegung bereitet ihm Schmerzen. Aber das ist er gewohnt seit dem Schlaganfall vor vier Jahren, als er die Treppe hinunterstürzte und sich mehrere Knochen brach. Osteoporose. "Kann man nichts machen" sagt Docteur Lefavre. Seinen Parkinson hat Bernard ganz gut im Griff. Allerdings nimmt er ja auch morgens, mittags und abends eine Menge Medikamente.

Suzanne ist da noch viel besser dran, eigentlich. Aber die Demenz hat sich in letzter Zeit schubartig verschlimmert. Wenigstens kann sie noch die gemeinsamen Mahlzeiten mit Bernard genießen.

Sie beide haben schon immer gerne gekocht und gegessen. Kein Wunder, er war ja bis zur Rente auch ein angesehener Koch. Einen Michelin-Stern hatte sein Restaurant "Chez Bernard" mehr als fünfundzwanzig Jahre lang gehalten, Jahr für Jahr. Das ist schon eine Leistung. Bis sein Parkinson ihn mit 68 zwang, seine geliebte Kochmütze an den Nagel zu hängen.

Wenn sie am Abend bei einem schönen Essen und einer Flasche aus dem gut sortierten Keller sitzen, ist es fast wie früher. Sie greift nach seiner Hand, streichelt sie sanft, lächelt. Nach dem Abräumen des Tisches fragt sie: "Sollten wir nicht endlich mal etwas essen?"

Vor Jahren, als man bei ihm gerade den beginnenden Parkinson diagnostiziert hatte und sie geistig noch fit war, hatten sie sich geschworen, sich gemeinsam das Leben zu nehmen, wenn sie ihr Leben nicht mehr unter Kontrolle hätten. Bevor einer von ihnen ins Heim müsste oder sie anderen zur Last fallen würden. "Ist es nun so weit?", fragt sich Bernard immer wieder. Suzanne kann diesen Gedanken nicht mehr zu Ende führen. Während sie ihn denkt, ist er schon wieder weg.

* * *

Bernard traut seinen Augen nicht. Im Kühlregal seines bevorzugten Delikatessen- und Weinladens "Le connaisseur du vin" liegen zwei eingeschweißte Stücke Fleisch mit einem Totenkopfaufkleber "Poison"! Auf dem Etikett steht zweisprachig geschrieben "L'entrecôte dernier - Das letzte Entrecôte - 250 g - Conserver au froid - Gekühlt aufbewahren!" und der Hinweis "Warnung! Der Verzehr führt binnen sechs Stunden garantiert zum Tode". Im Regal daneben liegen, wie üblich, die edlen, perfekt gereiften Käsesorten eines bekannten Affineurs, eines Käseveredlers. Absolut gourmettaugliche Spezialitäten und perfekte Begleiter zu einem Glas Rotwein, beispielsweise einem Crozes-Hermitage aus dem Rhône-Tal.

Völlig irritiert wendet er sich dem Regal mit den Rotweinen aus dem Pays d'Oc zu. Er sieht eine Flasche, die ebenfalls den Totenkopfaufkleber trägt und den eigenartigen Namen "Sécurité double - Doppelte Sicherheit". Er dreht die Flasche herum und findet auf der Rückseite wieder die Warnung, dass der Genuss binnen sechs Stunden garantiert zum Tode führe. Außerdem ein Hinweis auf den Abfüller, die "AGAS - Association Gourmandise d'Assistance Suicidaire" mit Sitz im elsässischen Obernai.

Ein Feinschmecker-Verein für Suizid-Beihilfe - was für ein merkwürdiges Angebot in einer Weinhandlung. Bernard sieht sich nicht in der Lage, jetzt einen Wein auszuwählen. Konfuse Gedanken gehen ihm durch den Kopf. Er muss erst einmal nachhause, seine Gedanken sortieren. Gerne würde er diese mit Suzanne teilen, doch er weiß, dass sie bei ihr nicht mehr wirklich ankommen. Game Over.

* * *

Drei Tage später rafft Bernard sich auf und begibt sich mit einiger Mühe wieder zum "Connaisseur du vin". Gespannt schaut er in die Kühltheke. Die Entrecôtes sind weg. Stattdessen liegt dort, sorgfältig

eingeschweißt, "Le foie gras dernier - Die letzte Gän-
sestopfleber", wieder mit Totenkopfaufkleber "Poison" und dem nun schon bekannten Hinweis. Und
wieder "AGAS - Association Gourmandise d'Assistance Suicidaire". Was ist eigentlich mit den beiden Entrecôtes passiert? Haben sie ihren finalen
Zweck inzwischen erfüllt? Bei wem? Alt oder jung?
Die Vorstellung von einem Gourmet-Tod ist gar
nicht mal so übel. Wenn schon, denn schon. Wenn
es denn überhaupt sein soll.

* * *

Die Idee lässt Bernard nicht mehr los. Ein schön
gedeckter Tisch mit dem Limoges-Geschirr, dem
handbemalten von Reynaud, und dem silbernen
Besteck. Malmaison von Christofle. Kerzenlicht. Als
Vorspeise "foie gras chaud aux morilles et raisins
confites - Warme Gänseleber mit eingelegten Mor-
cheln und Trauben", dem Gericht, mit dem er sich
damals den Stern erkocht hat, das den Tester vom
Michelin so begeistert hat. Und als Hauptgang "Entrecôte à la façon de grand-mère", mit Steinpilzen, so
wie seine Großmutter es immer zubereitete. Und
dazu ein 2006er Château Margaux. Ein letztes Mahl.
Ein allerletztes Mal.

Den eigenen Schmerzen ein Ende setzen und
Suzanne von dem mentalen Vakuum erlösen. So wie
sie es sich einmal versprochen haben. War das jetzt
ein Wink des Schicksals?

Am nächsten Morgen betritt Bernard den Weinladen. Nichts mehr da mit dem Totenkopfaufkleber. War das eine Fata Morgana? Hat er das nur geträumt? Oder wird er jetzt auch völlig bescheuert?

Aber da steht ja noch die Flasche "Double Sécurité". Er spricht Serge, den Inhaber der Weinhandlung an, ob er halluziniere. Nein, sagt der, er habe Kontakt mit der "AGAS" bekommen, als seine Frau mit ihrer schweren, aussichtslosen Krebserkrankung irgendwann den Wunsch äußerte, endlich sterben zu dürfen, vielleicht so eine Art Gourmet-Tod. Am liebsten noch ein letzter Genuss und dann "peng", Lampe aus. Das Gift wirke schnell und schmerzlos, man könne also noch in Ruhe die Küche aufräumen. Galgenhumor.

Bernard bestellt Foie Gras, zwei Steaks und eine Flasche Wein, alles mit dem Totenkopfaufkleber. Zur Abholung am Samstag. Bezahlung im Voraus.

Die Gelegenheit

Der Flug führt Patrick von Zürich nach Paris, Business Class natürlich, so wie es dem Manager eines internationalen Konzerns gebührt, ganz selbstverständlich. Kurz vor dem Abflug hatte er noch die Gelegenheit, sein Äußeres im Spiegel der Flughafentoilette zu checken. Mit dem, was er sah, war er ganz zufrieden: ein gutaussehender Mittvierziger mit gut geschnittenem, dunklem Haar, erstes Grau an den Schläfen, braungebrannt, sportlich durchtrainierte Figur, dunkelblauer Maßanzug, erkennbar an dem ersten offenen Manschettenknopf, hellblaues Baumwollhemd mit Monogramm und offenem Kragen, dazu hellbraune Budapester Schuhe. Ein erfolgreicher, selbstbewusster Mann in den besten Jahren, jederzeit bereit, neue Herausforderungen anzunehmen.

Beim Einsteigen begrüßt ihn auf Platz 3A bereits eine äußerst attraktive, junge Frau, geschätzt so um die dreißig, langes, blondes Haar, feine Gesichtszüge, mit einem gewinnenden Lächeln. Zu ihrem grauen Business-Kostüm trägt sie eine leicht transparente, weiße Bluse, deren Ausschnitt erkennen lässt, dass sie nichts darunter trägt. Beim ersten Blick in ihre bernsteinfarbenen Augen spürt Patrick bereits, wie ihn eine gewisse Unruhe befällt. Spontan fühlt er sich zu dieser Unbekannten hingezogen. Sie kommen ins Gespräch über Paris, das gemeinsame Ziel, über Restaurants und Kunstgalerien. Offenbar haben sie beide recht ähnliche Interessen.

Sie sei eine 'Nase', wie man die Parfumeure nenne, erzählt sie mit charmantem, bayrischem Akzent, eine Designerin schöner Düfte, und arbeite für die Firma Caravaggio in Lugano, die Essenzen für die bekannten Parfum- und Modemarken herstelle. Allerdings sei sie hier schon zu viele Jahre tätig gewesen und im Begriff, sich beruflich und wohl auch privat zu verändern. Sie habe ein verlockendes Angebot aus New York bekommen und überlege sich nun, den Schritt nach Amerika zu wagen. Sie kenne dort zwar Niemanden, aber man müsse sich schließlich auch neuen Herausforderungen stellen. Und Veränderungen seien gewissermaßen das Salz in der Suppe des Lebens.

Gebürtig sei sie aus Starnberg, südlich von München, wo ihre Eltern immer noch leben. Und da sie sich gerade aus einer langjährigen Beziehung mit einem Tessiner Anwalt verabschiedet habe, sei sie durchaus offen für Neues. Ihr Name sei übrigens Diana, so wie die Göttin der Jagd.

Es ist der frühe Abendflug und so ist es wohl gestattet, sich ein Gläschen Champagner zu gönnen: "Santé! Was nützt das schlechte Leben?" Diesen Spruch und diese Einstellung habe er von seinem Vater übernommen, der in seinem Domizil an der Côte d'Azur damit immer "l'heure bleue", die Zeit für den Aperitif, eingeleitet habe. Als sich Diana vorbeugt, um ihm zuzuprosten, gewährt sie ihm einen flüchtigen Blick auf ihren Busen, vielleicht gewollt, vielleicht nicht. Er ist sich da nicht ganz sicher. Sie kenne, sagt sie, die Côte d'Azur recht gut, da sie drei Jahre lang ihren Beruf bei Fragonard in der Parfumstadt Grasse erlernt habe.

Ob sie heute Abend in Paris schon etwas vorhabe, fragt Patrick, falls nicht, würde er sie gerne zum Essen einladen, er kenne da das eine oder andere nette Restaurant in Saint-Germain.

Das sei eine verlockende Idee, allerdings sei sie mit einer Freundin verabredet, mit der sie eine Tour durch die Weinlokale machen wolle. Schließlich sei heute ja die traditionelle "Le-Primeur-est-arrivé-soirée". Aber er könne doch gerne mitkommen. Schließlich sei das Quartier Saint-Germain auch ihr Ziel, sie liebe dieses quirlige Viertel mit den vielen Bistros und Cafés, seit jeher der zweiten Heimat vieler Künstler und Literaten.

Als sie beide dicht hintereinander das Flugzeug verlassen, berühren sie sich kurz. Patrick spürt Dianas seidiges Haar an seiner Wange, atmet ihren Duft ein, fühlt den schmeichelnden Kaschmirstoff ihres Kostüms. Die Nähe erregt ihn. Er fühlt die unglaublich starke Anziehungskraft dieser schönen Frau.

Wenn ihr Ziel ebenfalls die Rive Gauche sei, könnten sie doch ein gemeinsames Taxi nehmen. Sein Hotel läge in der Nähe der Place de l'Odéon. Als sie im Fond des Taxis ein wenig dichter als nötig beieinandersitzen, spüren alle beide, wie es zwischen ihnen knistert, so als verbinde sie ein leichter Strom der Erregung. So etwas hat Patrick schon lange nicht mehr erlebt.

Sie verabreden sich um 20 Uhr zum Apéro im berühmten Café "Les Deux Magots" am Boulevard Saint-Germain.

In seinem kleinen, aber luxuriösen Hotel, das zu den "Small Leading Hotels of the World" zählt, macht Patrick sich frisch und ersetzt seine Business-Kleidung durch Jeans und Blazer. Ein zum blaugestreiften Hemd passendes Einstecktuch komplettiert das Outfit. Bis zum "Deux Magots" sind es nur wenige Minuten zu Fuß. Er findet einen kleinen Vierertisch auf der Terrasse, der gerade frei wird, und setzt sich so, dass Diana ihn leicht finden kann. Er ist aufgeregt wie ein Pennäler vor dem ersten Rendezvous. Patrick, du bist verrückt, sagt er sich, du bist ein gestandener Mann von über vierzig Jahren. Aber er kann nicht dagegen an, die Hormone führen offensichtlich ihr eigenes Leben.

Auf einmal steht sie vor ihm mit ihrer Freundin im Arm. Er ist überwältigt von Dianas Schönheit. Das dezente Make-up unterstreicht ihre Bernsteinaugen, die blonde Mähne umspielt ihr Gesicht und fällt in verführerischen Wellen bis zur Taille. Die schwarze Nappalederhose sitzt wie eine zweite Haut. Unter einem knappen Seidenblazer trägt sie eine transparente, schwarze Bluse mit langen Ärmeln und zwei Brusttaschen aus Satin an den beiden strategisch wichtigen Stellen. Die Verführung pur. Patrick merkt, wie seine Anspannung steigt, als sie sich mit Küsschen links und rechts begrüßen. Das wird wohl auch ihr nicht verborgen geblieben sein, so nah wie sie an ihn herangetreten ist.

Sie heiße Nicole, stellt sich ihre Freundin mit dem sportlichen Kurzhaarschnitt und dem überlangen brünetten Pony vor, sie lebe seit acht Jahren in Paris und sei nach dem Jurastudium an der Sorbonne in der Modebranche gelandet. Wenn ihre Freundin Diana sie besuchen käme, würde sie immer bei ihr wohnen, quasi hier gleich um die Ecke. Übrigens habe sie einen Tisch in dem kleinen Restaurant "Huguette" in der Rue de Seine reserviert, das für seine Meeresfrüchte und den großartigen Fisch bekannt und bereits seit Jahren 'in' sei. Hinterher könnten sie ja noch das eine oder andere Glas Primeur, den jungen Wein vorwiegend aus dem Beaujolais, in den Bistros zu sich nehmen, die in den Straßen zwischen Saint-Germain-des-Prés und der

Église Saint-Sulpice ihre Tische vor der Tür aufgestellt haben.

Auf der wind- und regengeschützten Terrasse von "Huguette" bestellen sie einen "plat de fruit de mer" mit Austern, Garnelen, verschiedenen Muschelarten und Seeigeln, dazu jeweils ein Glas Chablis. Und hinterher "raie au beurre noir", Rochenflügel, eine Spezialität des Hauses. Anschließend zieht das Trio weiter, probiert hier ein Glas und dort ein Glas des jungen Weins, manchmal mit einem Stück Käse oder Baguette dazu.

Patrick kann seinen Blick nicht von Diana lassen und auch sie zieht alle Register im Flirt mit ihm, neigt den Kopf zur Seite, streicht immer wieder ihr langes Haar aus dem Gesicht, wenn es ihr verführerisch über die rechte Gesichtshälfte fällt, spielt mit dem Revers ihres geöffneten Blazers, gewährt ihm immer wieder kleine Einblicke, berührt ganz flüchtig seine Hände auf dem Tisch. Die erotische Spannung wächst ins Unerträgliche. Patrick und Diana rutschen schon ganz unruhig auf ihren Stühlen hin und her. Diana schlägt vor, noch in den "Club Vertigo" zu gehen, eine angesagte Location. Nicole, die sich ein wenig überflüssig vorkommt, kündigt an, jetzt schon mal nachhause zu gehen, sie habe morgen einen anstrengenden Tag vor sich und Diana könne ja später nachkommen, sie habe einen eigenen Schlüssel.

Der "Club Vertigo" ist außergewöhnlich gestylt. Wände und Theke sind ganz aus grünem Glas, das von Lichtwellen durchflutet wird. Dezent im Hintergrund erklingt "Sweet Operator" von Sade Adu. Die exotischen Drinks sind ebenso außergewöhnlich wie das Interieur. Patrick und Diana bewegen sich eng aneinander geschmiegt im Takt der Musik. Ihre Körper haben einander gefunden. Sie hat ihren Blazer abgelegt und zeigt ihren nahezu nackten Rücken und den von den Brusttaschen nur notdürftig bedeckten Busen. Die enge Nappalederhose betont ihren schlanken Körper. Nun endlich finden ihre Lippen zueinander, geradezu magnetisch voneinander angezogen. Eine Zunge sucht die andere. Sie würde gerne noch mit zu ihm gehen, flüstert Diana.

Im Hotel können beide es kaum erwarten, sich gegenseitig die Kleider vom Leib zu schälen und übereinander herzufallen. Voller Leidenschaft erkunden sie beide den noch unbekannten Körper des anderen, schlafen dann ineinander verschränkt vor Erschöpfung ein. In den frühen Morgenstunden erwacht Diana, weckt Patrick mit ihren Liebkosungen und sie lieben sich ein weiteres Mal. Was für eine Nacht!

Beim Hotelfrühstück trägt sie notgedrungen wieder ihr aufreizendes Outfit, was ihn schon wieder hart werden lässt. Patrick bedauert, dass er bereits am späten Vormittag an einer Konferenz in Flughafennähe teilnehmen muss, um sich anschließend auf den Flug nach Oslo zu begeben. Sie sagt, sie bleibe noch zwei Tage in Paris und flöge dann wegen des neuen Jobs nach New York. Das Bewerbungsgespräch mit dem Headhunter habe sie bereits in Zürich absolviert. Der Rest sei eigentlich nur noch reine Formsache. Mit einem langen Kuss verabschieden sich die Beiden. Diana steigt in ein Taxi und entschwindet aus seinem Blickfeld.

Patrick sitzt im Flugzeug nach Oslo, unter sich die Nordseeküste, denkt zurück an die letzte Nacht, an Diana, von der er weder den Nachnamen noch die Adresse kennt. Er könnte ja über ihren Arbeitgeber Caravaggio versuchen, ihre Spur aufzunehmen. Sollte er das tun? Sollte er sich mit Träumen begnügen oder sollte er der Versuchung nachgeben?

Was wäre, wenn er der Versuchung nachgeben würde, der schönen, jungen Frau hinterherflöge in das tausende von Kilometern entfernte New York. Wenn sie sich zusammen ein neues Leben aufbauten, ein Aufbruch in eine ungewisse Zukunft.

Würden sie überhaupt zueinander passen? Diana, die 'Nase', wie man die Parfümeure bezeichnet, eine Designerin schöner Düfte. Und er, Patrick, der nur selten imstande war, überhaupt irgendwelche Wohlgerüche wahrzunehmen, geschweige denn zu unterscheiden? Merkwürdigerweise gelang es ihm sehr wohl, unangenehme Gerüche zu registrieren, vielleicht auch nur Gerüche, die einzig ihn selber störten wie beispielsweise ein zu intensives, schweres Parfüm, womöglich gar mit einer Moschusnote. Bliebe da letztlich nur die erotische Anziehungskraft übrig, die wahrscheinlich eines Tages vergehen würde?

Patrick denkt an seine Familie zuhause in Winterthur, das Einfamilienhaus mit Doppelgarage und peinlichst gepflegtem Garten hinter dem Zaun, an die Kinder, den 12jährigen Urs und die 9jährige Vreni, an Claudia, seine Ehefrau seit zwölf Jahren. Sie mussten damals heiraten, als sich der Kleine ankündigte. Heute besteht ihre Gemeinsamkeit im Wesentlichen aus der Sorge um die beiden Kinder und aus schweigsamen Abenden vor dem Fernseher. Miteinander geschlafen haben sie schon seit fünf Jahren nicht mehr. Irgendwie haben sie sich ganz langsam auseinandergelebt. Er ist daher gerne auf Geschäftsreisen. Aber alles aufgeben für einen Aufbruch aus der relativen Geborgenheit des Gewohnten, der Verlässlichkeit des Alltags, der Freunde, oder doch zumindest der Bekannten, die sie im Laufe der letzten sieben Jahre in Winterthur gewonnen hatten. Dies alles verlassen für eine ungewisse Zukunft tausende Kilometer entfernt?

Patrick blickt aus dem Fenster des Flugzeugs auf die schier endlose Nordsee. Er denkt an die letzte Nacht und an Diana. Nein er wird nicht versuchen, sie aufzuspüren. Aber es wird eine schöne Erinnerung bleiben - für immer.

Käsemafia

Dank seiner Kreativität existiert die kleine Käserei im Harz von Gerard Lafontaine, hugenottischer Abstammung, sehr erfolgreich in ihrem Nischenmarkt. Geradezu Gourmetstatus haben sich die Spezialitäten, z.b. höhlengereifter Harzer Käse, Old Harzer, Knofelhexe oder Walpurgisnacht, inzwischen in Feinschmeckerkreisen erworben. So ist es ihm auch gelungen, einen Regalplatz bei exklusiven Einzelhändlern wie den bekannten Luxuskaufhäusern in den deutschen Metropolen zu ergattern. Sogar verschiedene Spitzenrestaurants haben Lafontaines Produkte mittlerweile in ihre Käseauswahl aufgenommen. Die ersten Kontakte zu Harrods in London und anderen ausländischen Top-Adressen sind geknüpft.

Ganz offensichtlich hat man einen Trend erwischt und beginnt auf der Welle zu surfen. Gerard überlegt, als komplementäres Sortiment eine Weinhandelssparte anzugliedern. Er denkt an speziell ausgesuchte Weine, die genau auf seine besonderen Käsesorten abgestimmt sind. Bei jedem Käsekauf gäbe es dazu ein Kärtchen mit der perfekten Weinempfehlung und umgekehrt. Hilfreich ist, dass die Marke Lafontaine Assoziationen zu Frankreich weckt, dem Käseland schlechthin.

Nach Steigerungsraten von durchschnittlich 23 % in den vergangenen 10 Jahren hat Lafontaine nun eine größere Erweiterung der Produktionskapazität geplant. Der Schritt von der kleinen Manufaktur zur industriellen Käseherstellung und Vermarktung steht bevor. Alles weiterhin mit besten, ausschließlich Bio-zertifizierten Rohstoffen und handwerklichen Methoden, aber in größeren Mengen mit neuen Produktionsanlagen.

* * *

Der nahezu marktbeherrschende Konzern Meier-Milch ist ständig auf der Suche nach imageträchtigen Marken, um sein Portefeuille nach oben zu erweitern und sein Massenprodukt-Image aufzubessern. Dazu dient die Etablierung einer hochpreisigen und damit hoch profitablen Gourmet-Linie.

Da die Entwicklung solcher Marken Jahre dauern würde, setzt man auf eine aggressive Expansionsstrategie, die auch vor feindlichen Übernahmen nicht zurückschreckt. So hat man in den letzten Jahren bereits die 'Formaggio Caldoni' in der Nähe von Parma übernommen und die 'Délice de Beurre' im lothringischen Hagenau.

Über einen Unternehmensberater ist Meier-Milch bereits mit einem Kaufangebot an Lafontaine herangetreten, doch der hat dankend abgelehnt. Das Unternehmen erfreue sich, wie auch er selbst, hervorragender Gesundheit, er habe weitere Pläne und sehe nicht die geringste Veranlassung, sich aus dem Geschäft zurückzuziehen. Das war im Oktober vergangenen Jahres.

Noch zwei weitere freundliche, aber vergebliche, Übernahmeangebote folgten. Doch Meier-Milch ist es nicht gewohnt, klein beizugeben. Ist der Übernahmekandidat nicht willig, muss man eben ein wenig nachhelfen. 'Corriger la fortune', wie man in Frankreich zu sagen pflegt.

Eine Strategie besteht darin, dass Meier-Milch Druck auf seine Lieferanten ausübt, bei Lafontaine die Preise zu erhöhen und die Mengen zu verknappen. Falls diese das Spiel nicht mitmachen, setzt Meier-Milch dort für eine Weile die Bestellungen aus.

Das ist Prinzip, denn das gesamte Meiersche Bestellvolumen beträgt immer 120 % des tatsächlichen Bedarfs. Das bietet die Möglichkeit, immer einen Lieferanten unter Druck zu setzen, was im Laufe der Zeit reihum geschieht.

Gerade als Lafontaines Lieferungen an die Gourmetabteilung des Berliner KaGeBe mit seiner Marke 'Harz-Träume' beginnen sollen, kürzt sein Hauptlieferant die Rohstoffmengen um die Hälfte, angeblich wegen Problemen mit einer großen Produktionsanlage. Doch warum wirkt sich das sonst nicht auf dem Markt aus? Der Vertrag mit KaGeBe droht zu platzen.

Lafontaine fragt bei anderen Lieferanten an, aber deren Kapazitäten sind vollständig ausgeschöpft. Quasi in letzter Minute ist der Stammlieferant A wieder lieferfähig, aber der Preis hat sich um 70 % erhöht, vorgeblich wegen der veränderten Marktlage. Der Preis werde eben von Angebot und Nachfrage bestimmt, ganz klassisch. Lafontaine fragt wiederum bei den anderen Lieferanten an, aber dort hat sich der Preis inzwischen sogar verdoppelt.

Der Vertrag mit KaGeBe schreibt den Preis für die Produkte zwei Jahre lang fest. Es gibt auch keine Preisanpassungsklausel. Bei den Vertragsverhandlungen hieß es von Kundenseite: 'Vogel, friss oder stirb!', und Lafontaine blieb nichts anderes übrig, als auf die Preisvorstellungen des renommierten Kunden einzugehen. Nun stimmt die Kalkulation nicht mehr. Der ohnehin äußerst knapp kalkulierte Preis ist völlig unrentabel. Aber wenn er jetzt den KaDeWe-Deal platzen lässt, wird sich das herumsprechen und Lafontaine wird das Vertrauen der starken Handelspartner verlieren, von der heftigen Konventionalstrafe mal ganz abgesehen. Also bleibt ihm nichts anderes übrig, als den Vertrag zunächst mit Verlust zu erfüllen. Der Rohstoffpreis werde schließlich auch wieder sinken, erwartet Lafontaine. Was er aber nicht tut, ganz im Gegenteil. Gleichzeitig schlägt die neue Käselinie voll ein und die Regale sind in kürzester Zeit leer gekauft. KaDeWe fordert eine höhere Liefermenge, lässt allerdings keine Nachverhandlung des Preises zu.

Inzwischen hat das verlustreiche KaGeBe-Geschäft die durch die notwendigen Kapazitätser-weiterungen ohnehin geschwächte Liquidität aufge-braucht. Lafontaine muss einen Überbrückungskre-dit bei seiner Hausbank aufnehmen. Der wird ihm als langjährigem Kunden mit solider Geschäftsent-wicklung zwar gewährt, doch die hohen Zinsen ver-stärken weiter die Verluste im Tagesgeschäft. Ein zweiter Kredit wird notwendig. Lafontaine muss seine Zahlen im Detail vorlegen, auch seine Kalkula-tion in dem verlustreichen KaDeWe-Deal. In Anbe-tracht der anhaltend negativen Marge wird der Kre-dit nicht gewährt. Lafontaine wendet sich an andere Banken, doch die geben sich ebenfalls sehr zurück-haltend oder fordern horrende Zinsen für eine im Grunde unzureichende Kreditsumme. Er steckt in der Zwickmühle: entweder der Zahlungsunfähigkeit entgegenzusteuern oder KaDeWe nicht mehr zu beliefern. Beide Alternativen wären tödlich. Also versucht er, mit dem Kunden unter Hinweis auf die veränderte Marktlage nachzuverhandeln. Letztlich steht man ihm eine Preiserhöhung von 3,7 % zu. Ein Tropfen auf den heißen Stein. Gerard Lafontaine ist verzweifelt.

Der von Meier-Milch beauftragte Unternehmens-berater ruft wieder an, möchte einen Gesprächstermin vereinbaren. Sein Mandant wolle Lafontaine ein Angebot unterbreiten.

Meier-Milch bietet nun 1,8 Millionen Euro für die Übernahme von Lafontaine's Käsemanufaktur, plus Übernahme der aufgelaufenen Verbindlichkeiten. Dieser lehnt zunächst wieder ab, erbittet sich dann aber Bedenkzeit. Ihm steht inzwischen gewissermaßen die Milch bis zum Hals. Es wird Zeit zu handeln.

* * *

Lafontaine will sich nicht erpressen lassen und beauftragt Karl Blomtwist, einen versierten Privatdetektiv, Beweise für unerlaubte Absprachen zu finden. Der stößt bei seinen Recherchen auf die in der Öffentlichkeit nahezu unbekannte "Vereinigung zur Förderung der Milchwirtschaft", kurz VERFÖ-MI, mit Sitz in Herzogenaurach, dort, wo auch Meier-Milch beheimatet ist. Der Detektiv stellt fest, dass sich die Vorstände von Meier-Milch und den Molkereien verdächtig gut kennen und einen sehr freundschaftlichen Umgang miteinander pflegen: Einladungen zu privaten Golfturnieren oder Urlaubsreisen nach Ibiza in die luxuriöse Villa von Siegfried Meier. Hin und wieder sind auch Bankdirektoren dazu eingeladen, so z.B. der Chef von Lafontaine's Hausbank. Das legt den Verdacht nahe, dass hier unerlaubte Absprachen getroffen werden. Lafontaine droht Meier-Milch mit einem Hinweis an die Kartellbehörden.

Die Übernahmeverhandlungen gehen in eine neue Runde. Meier-Milch erhöht das Angebot auf 2,5 Millionen Euro, verbunden mit einer Anstellung als Geschäftsführer für mindestens 10 Jahre mit einem Jahresgehalt von 300.000 Euro plus erfolgsabhängiger Tantieme. Nach reiflichen Überlegungen nimmt Lafontaine das Angebot an. Er bleibt letztlich Chef des von ihm gegründeten Unternehmens, zwar weisungsgebunden, aber dafür wieder schuldenfrei. Er wird sein Wissen über die Absprachen für sich behalten.

Am Montag nach der Vertragsunterzeichnung erhält er einen Anruf von Lieferant A. Die Marktlage für Rohmilch und Molke habe sich "glücklicherweise" entspannt und man könne die Preiserhöhung wieder zurücknehmen.

Dank der geänderten Bedingungen ist das Unternehmen wieder hoch profitabel. Man beliefert inzwischen auch die ausländischen Luxuskaufhäuser und zunehmend auch einige Sternerestaurants im In- und Ausland. Die einschlägigen Magazine wie Feinschlecker, Fallstoff und Gourmet International bringen Portraits von Lafontaines Käserei und berichten über die Erfolgsstory. Auch Lafontaine selber kann sich über mangelnde Tantiemen nicht beklagen. Im Gegenteil, er besitzt jetzt ein Haus mit

Pool, fährt einen Jaguar, wovon er seit seiner Jugend immer geträumt hat, und macht mit seiner Familie Urlaubsreisen in paradiesische Länder. Lästig sind nur die monatlichen Termine in Herzogenaurach und die ständig steigenden Absatz- und Gewinnvorgaben. Hat Lafontaine ein erfolgreiches Geschäftsjahr absolviert, wird sofort das Ziel nach oben angepasst. Eine jährliche Steigerung um 10 % im Durchschnitt der letzten sechs Jahre reicht den hohen Herren nicht. Aber Lafontaine wird das schaffen, so als wäre es noch seine eigene Firma. Meier-Milch hat ihrem erfolgreichen Geschäftsführer eine Vertragsverlängerung in Aussicht gestellt.

Alles stimmt also, bis auf das eine. Lafontaine kann nicht verwinden, dass man ihn seinerzeit mit unlauteren Methoden zum Verkauf seiner Firma gezwungen hat. Und so denkt er in schlaflosen Nächten und auf langen Autofahrten über das Thema 'Rache' nach. Der Gedanke ist geradezu zur Obsession geworden. Wie kann er Vergeltung üben für den Verlust seiner Freiheit? Wie kann er die Milch-Mafia an ihrer empfindlichsten Stelle treffen?

Perfekt wäre es, wenn man beispielsweise einen Rohstoffmangel organisieren könnte, der den Verlust bedeutender Handelskunden zur Folge hätte. Parallel dazu müsste ein Schadstoffskandal zum Vertrauensverlust bei den Endverbrauchern führen und das Bekanntwerden des Milchkartells die Justiz auf den Plan rufen, vielleicht noch begleitet von der

Aufdeckung langjähriger Steuerhinterziehungen. Das wär's! Es wäre natürlich nicht einfach zu lancieren, aber mit der nötigen Energie und Geduld müsste es machbar sein. Und davon hat Lafontaine schließlich genug. Rache ist süß!

* * *

Aufgrund seines tiefen Misstrauens gegen Siegfried Meier und Konsorten hat Gerard Lafontaine den Privatdetektiv Karl Blomtwist, der damals die unlauteren Beziehungen von Meier-Milch entdeckt hat, gewissermaßen den Dauerauftrag erteilt, die Geschäftsbeziehungen und das Marktverhalten von Meier-Milch zu beobachten und ihm Bericht zu erstatten, falls ihm etwas Besonderes auffällt. Das lässt er sich auch eine Menge kosten, doch er weiß auch, dass Blomtwist eine investigative Koryphäe ist. Und nun ist der Tag gekommen. Blomtwist ruft an, will sich mit Lafontaine an einem unauffälligen Ort treffen. Die Wahl fällt auf ein Café auf dem Platz vor dem Hannoveraner Hauptbahnhof. Der Privatdetektiv berichtet, dass er Beweise für ein Kartell habe, an dem Meier-Milch beteiligt sei. Es gehe dort um Absprachen über Mengen und Preise. Außerdem habe er Informationen von französischen Kollegen bekommen, dass es dort eine zunehmende Zahl an Milchbauern gibt, die die geradezu erpresserische Einkaufspolitik des Konzerns 'Lait du Nord' nicht mehr hinnehmen wollen und einen Streik planen.

"Wunderbar!", denkt Lafontaine. "Das ist genau der Moment, um zuzuschlagen!" Er plant, die Information über die Preisabsprachen an die Kartellbehörden weiterzugeben, am besten direkt durch Blomtwist, damit sein eigener Name hier gar nicht erst in Erscheinung tritt. Der Imageverlust wird Meier-Milch hart treffen. Die Rohmilchlieferanten, die ebenfalls in den Skandal verwickelt sind, werden Meier-Milch zumindest für eine Weile nicht mehr beliefern können. Sie werden versuchen, ihre Milch im Ausland abzusetzen. Und da kommt Ihnen der Streik der französischen Milchbauern gerade recht. Die 'Lait du Nord' wird die Rohmilch-Mengen aus Deutschland mit Freuden abnehmen, auch wenn sie temporär ein etwas überhöhten Preis zahlen muss. Auf jeden Fall wäre so die Produktion der Franzosen gesichert.

Ideal wäre es, käme jetzt noch ein Schadstoffskandal hinzu, der dafür sorgt, dass die deutschen Kunden von Meier-Milch, insbesondere die großen Lebensmitteleinzelhandelsketten und Discounter, die Abnahme stoppen und statt bei Meier-Milch jetzt bei anderen Lieferanten im In- und Ausland kaufen. Das käme der französischen 'Lait du Nord' sicherlich sehr entgegen, der der Wettbewerb mit dem deutschen Molkereiriesen schon seit langem schwer zu schaffen macht. "Aber wie kann ich für den Schadstoffskandal sorgen, ohne selber in den Focus der Ermittlungen zu geraten? Vielleicht, indem Blomtwist der Presse Informationen über

angebliche Zwischenfälle in der Produktion zukommen lässt, die Meier-Milch bisher vertuscht
hat?", überlegt Lafontaine, dem diese Chance, es
dem verhassten Meier heimzuzahlen, immer verlo-
ckender vorkommt. Tag und Nacht grübelt er, wie
er das denn anstellen könnte.

* * *

Drei Wochen später bringt die Tagesschau den
Bericht über die Preisabsprachen, die der größte
deutsche Hersteller von Milchprodukten mit Wett-
bewerbern getroffen hat. Darüber hinaus gäbe es
Hinweise auf mögliche Steuerhinterziehungen im
Millionenumfang.

Nur wenige Tage danach veröffentlicht ein inves-
tigativer Journalist, ihm lägen Informationen 'aus
normalerweise gut unterrichteten Kreisen' vor, dass
es in Werken von Meier-Milch wiederholt Probleme
mit Schimmelpilzen in den Produktionsanlagen gegeben habe. Außerdem hielte sich hartnäckig das
Gerücht von Manipulationen der Mindesthaltbar-
keitsdaten. Der Pressesprecher von Meier-Milch
dementiert zwar. Aber glaubt man dem Unternehmen noch?

Das ist der GAU für Meier-Milch. Erst der Vorwurf von Kartellverstößen sowie Steuerhinterziehung und jetzt auch noch Gerüchte um Hygie-
neprobleme in der Produktion? Die Verbraucher

sind verunsichert und verängstigt, kaufen keine Meier-Produkte mehr. Die Artikel müssen aus den Regalen genommen werden, bevor sie verderben. Die Produktion steht in allen Werken.

Die Supermarktketten ersetzen die Meier-Artikel durch solche von 'schadstofffreien' Wettbewerbern, zum Beispiel von 'Lait du Nord' aus Frankreich, die noch freie Produktionskapazitäten haben. Die deutschen Bauern, die Meier-Milch bisher beliefert haben, exportieren jetzt ihre Rohmilch. So ist auch der zusätzliche Bedarf von 'Lait du Nord' gedeckt.

In der Presse wird berichtet, dass der Meier-Milch-Konzern Liquiditätsprobleme habe. Die Belegschaft bange inzwischen um den Lohn für den kommenden Monat. Man sehe sich gezwungen, sich nun auch von profitablen Beteiligungen zu trennen, um wieder Geld in die Kasse zu bekommen. In diesem Zusammenhang informiert eine Notiz im Handelsblatt, dass die Käserei Lafontaine im Harz von ihrem Gründer wieder zurückgekauft wurde, Gerüchten zufolge deutlich unter dem eigentlichen Wert.

In einem Luxushotel in der Karibik nippt ein gewisser Karl Blomtwist an einem exotischen Drink und freut sich über das fünfstellige Erfolgshonorar, das er kassiert hat.

Der Lottoschein

Siegfried ist das, was man gemeinhin eine graue Maus nennt oder einen grauen Mäuserich. Als Disponent bei einer großen Spedition ist er eigentlich noch nie jemandem aufgefallen. Würde man überhaupt bemerken, falls er einmal nicht da wäre? Mit dem pompösen Namen ist Siegfried ohnehin gestraft. Als Kind wurde er immer gehänselt. Statt groß, blauäugig und blond, wie seine Eltern ihn sich vielleicht gewünscht hatten, ist er untersetzt, bierbäuchig, mit müde dreinblickenden Augen in einem undefinierbaren grau-braun. Und seine beginnende Glatze verleiht ihm auch nicht gerade Heldenformat.

Seit Jahren spielt Siegfried immer dieselben Zahlen im Lotto, gewinnt alle paar Wochen mal 8 Euro oder auch mal 10,50, immerhin so viel, dass er überhaupt weiterspielt. Die Hoffnung stirbt zuletzt. Seine Zahlen kann er schon im Schlaf herunterbeten, ebenso wie seine Frau Cindy. Es kommt auch schon mal vor, dass er vergisst, den Lottoschein zu verlängern und sie für einige wenige Ziehungen keine Gewinnchance haben. Es wäre natürlich fatal gewesen, wenn ausgerechnet während dieser Lücken 'seine Zahlen' gewonnen hätten. Aber das ist zum Glück nie passiert in den vergangenen dreizehn Jahren. Zum Glück? Na ja, das hätte ja aus dem Glück wohl eher ein Unglück gemacht.

Es ist Mittwoch. Siegfried ist auf dem Heimweg von der Spätschicht, als er um 19 Uhr im Autoradio hört, wie die Nachrichtensprecherin die Ziehung der Lottozahlen verkündet: 7 - 8 - 11 - 25 - 35 - 36. Er kann es kaum glauben. Das sind seine Zahlen. Sechs Richtige! Wahnsinn!

Vor Freude völlig aus dem Häuschen kommt er in sein Reihenhaus in der grauen Vorstadtstraße, typisch für die Bergarbeitersiedlungen aus Großvaters Zeiten. Siegfried umarmt seine Frau, was er schon lange nicht mehr getan hat, und führt einen Freudentanz auf.

Nach dem Abendbrot feiern sie mit einer Flasche Rotkäppchen-Sekt, machen Pläne, was sie mit der Million anfangen werden, welche Träume sie sich erfüllen werden: eine Kreuzfahrt in die Karibik, ein neues Auto statt des rostigen Opels, eine neue Küche mit Induktionsherd so wie in der Kochshow im Fernsehen. Cindy könnte ihre Putzstelle aufgeben. Beschwingt und leicht beschwipst gehen sie ins Bett und lieben sich, das erste Mal wieder seit Jahren.

Am nächsten Morgen schaut er in die Küchendose, in der er immer den Lottoschein aufbewahrt, seit 13 Jahren. Immer! Nur heute ist er nicht zu finden. Ausgerechnet heute! Wo ist der Lottoschein? 'Du hast ihn doch gehabt'. 'Nein Du!' 'Das kann doch wohl nicht wahr sein!' Beide durchsuchen jeden Winkel des Hauses, durchsuchen jedes Kleidungsstück, drehen jede Tasche von innen nach außen. Sie schauen in die Ritzen zwischen den kunstleder- bezogenen Sofapolstern: Erdnüsse, eine Büroklam- mer, ein Einkaufszettel, ein billiger Werbekuli, aber kein Lottoschein.

Es bleibt nur noch der Müll. Dass der Lottoschein aus unerfindlichen Gründen irgendwie versehent- lich weggeworfen wurde, unverzeihlich! Aber etwas Anderes bleibt nicht mehr übrig. Siegfried kippt die Mülltonne aus, die im kleinen Vorgarten hinter der vernachlässigten Hecke steht - nichts. Also mit der Müllabfuhr telefoniert. Dann ab zur Mülldeponie. Mit Engelszungen und schließlich einem Fünfziger erfleht er die Erlaubnis, sich auf der Müllhalde um- sehen zu dürfen. Aber wo? Man sagt ihm, wo zu- letzt abgekippt wurde. Siegfried sucht nach der sprichwörtlichen Nadel im Heuhaufen. Egal, es gibt keine andere Wahl. Er muss irgendwo anfangen. Ausgestattet mit Gummihandschuhen und Mund- schutz durchsucht er tagelang, wochenlang die Müllhalde, meldet sich krank, isst kaum noch, schläft kaum noch. Jeden Tag bei Sonnenaufgang beginnt er zu suchen. Sucht, bis er vor Erschöpfung nicht mehr kann.

In seiner Verzweiflung wendet er sich an das Fundbüro, die Lottoannahmestelle, die Lottogesell- schaft. Niemand kann ihm helfen. Ohne den Lotto- schein läuft nichts.

Siegfried erscheint nicht mehr zur Arbeit, kann nicht aufhören, im Müll zu suchen. Irgendwo muss der Schein doch geblieben sein! Oder doch nicht? Aber wo dann? Und wenn er ihn findet, ist er dann noch lesbar? Oder völlig aufgeweicht? Siegfrieds einzige Begleiter sind die Krähen, die mit ihrem ständigen 'Krah, Krah' die Müllberge nach Essbarem absuchen, fast so wie er selbst. Und der Lärm der Müllautos, wenn sie ihre Pressen entleeren, sowie der Radlader, die die Müllberge verteilen.

Er sucht weiter im Müll, findet eine alte Pistole. Mit sowas hat er keine Erfahrung. Ist sie geladen? Funktioniert sie noch? Ist sie überhaupt echt? Völlig deprimiert sitzt er auf der Müllhalde, verzweifelt. Er rauft sich die seit Tagen ungewaschenen Haare. Die Tränen rinnen über sein schmutziges Gesicht. Um seinen Gefühlen Ausdruck zu verleihen, hält er sich die Pistole an die Schläfe.

* * *

Am darauffolgenden Tag findet der Fahrer eines Radladers auf dem Müllberg eine männliche Leiche, untersetzt, etwa Mitte vierzig, und alarmiert die Polizei. Ein Einschussloch an der rechten Schläfe, offenbar ein aufgesetzter Schuss, und ein Austrittsloch an der linken Schläfe deuten auf einen Suizid hin. Dazu passt die Pistole, die die Spurensicherung ganz in der Nähe der Leiche findet.

Man sucht auch noch das Umfeld des unmittelbaren Fundortes ab und entdeckt in etwa dreizehn Meter Entfernung von der Fundstelle einen Lottoschein: 7 - 8 - 11 - 25 - 35 - 36.

Der Nachruf

Gerwin Waffenschmidt sitzt in seinem italienischen Glencheck-Anzug der Headhunterin gegenüber, die ihm auf dem Kongress Ende März ihre Visitenkarte gegeben hatte; 'Dr. Irina Servatius - Replacement Consultant', dazu die Worte: " Ihr Vortrag hat mir gefallen, interessante Ansätze. Sie sollten neue Horizonte ausloten! Rufen Sie mich doch einmal an!"

Gerwin war diese kurze Begegnung nicht aus dem Kopf gegangen und schließlich hatte er sich mit Dr. Servatius verabredet. Nach dem Biologie-Studium hatte er noch eins draufgesetzt und mit summa cum laude in Pharmazie promoviert. Nun, kurz vor seinem 40. Geburtstag, stellte er sich die Frage, ob das jetzt alles gewesen sein sollte. Abteilungsleiter bei Schwarzenbach Pharma in Tübingen, verheiratet mit einer waschechten Schwäbin, drei Kinder, Doppelhaushälfte.

In jungen Jahren hatte er davon geträumt, einmal etwas Großes zu leisten, eine Entdeckung, die ihm einen Platz in der Hall of Fame sichern würde. Geriatrika waren sicherlich ein sehr lukratives Betätigungsfeld, aber sicherlich kein sonderlich aufregendes.

* * *

So sitzt Dr. Gerwin Waffenschmidt nun der attraktiven Mittvierzigerin gegenüber, die ihm eine ganz unverbindliche Karriereberatung angeboten hatte. Sie hatte bereits im Vorfeld die Bewerbungsunterlagen studiert und so können sie sich ausführlich über die Perspektiven austauschen. Zum Abschluss stellt Frau Dr. Servatius die ganz direkten Fragen: "Wie sehen Sie sich selbst, Herr Waffenschmidt? Wo sehen Sie sich in zwanzig Jahren? Verfassen Sie doch einmal Ihren eigenen Nachruf! Dann können wir bei unserem nächsten Gespräch ein wenig mehr in die Tiefe gehen."

Damit hat Gerwin nicht gerechnet. Tja, was soll in seinem Nachruf stehen? "Er hat seinem Unternehmen bis zur Pensionierung ergeben gedient? Er freute sich schon seit langem auf den Ruhestand, um endlich sein Golf-Handicap verbessern zu können? Wann immer er konnte, sah er gemeinsam mit seiner Frau die Tagesschau?" Er hatte nun zwei Wochen Zeit für diese doch recht fundamentale Aufgabe.

Eine Scheißaufgabe, um genau zu sein. Das heißt, das ganze Leben Revue passieren zu lassen.

* * *

Wie war meine Kindheit, das Verhältnis zu meinen Eltern? Habe ich meine Schulkameraden mehr geärgert als sie mich? Hatte ich einen besten

Freund? Habe ich zu ihm genauso vorbehaltlos gehalten wie er zu mir? War Schule für mich ein Alptraum? War ich vielleicht ein Streber, der niemanden abschreiben ließ? Gab es eine Lieblingslehrerin? Habe ich nicht nur ihren Minirock bewundert? War es gerecht, dass ich bei der Abiturprüfung durchgerasselt bin? Oder konnten mich nur die Lehrer nicht leiden? Und warum nicht?

Mein erstes Mal - wollte ich nur wissen, wie das ist? Oder habe ich Claudia geliebt? Und dann Gaby und Astrid und Amelie in meinem Semester an der Sorbonne? War ich mit Anne nur zusammen, weil sie das schöne Cabrio hatte? Und ist sowas prägend? Schließlich Susanne, deren Eltern ich so schrecklich spießig fand, mit der ich aber heute zwei Kinder habe? Was, wenn ich stattdessen heute mit Amelie in Toulouse lebte?

Amelie, ja Amelie, das war schon meine Traumfrau schlechthin. In die war ich ganz schön verliebt. Sie war aber auch zum Anbeißen, wie sie in jenem warmen Sommer ihre zarten Knospen mehr als nur erahnen ließ, lediglich mit einem dünnen Top und einem eigentlich zu kurzen Rock bekleidet, mit mir vor den Pariser Cafés saß, ihr langes, brünettes Haar schüttelte, das manchmal wie ein Vorhang eines der grünen Katzenaugen verdeckte. Die pure Verführung! Ich erinnere mich noch, als wäre es erst gestern gewesen, wie sie mich nach der Vorlesung küsste, so als würde ihre sanfte Zunge jede Papille einzeln entdecken. Wenn ich daran zurückdenke, spüre ich noch immer die Erregung, in die ihre Nähe mich versetzte. Später am Abend lud sie mich in ihre Studentenbude ein, wo wir Rotwein tranken und uns stundenlang liebten. Was für ein Sommer, was für eine Frau! Leider ging dieses Semester irgendwann zu Ende und ich kehrte nach Göttingen zurück. Wir trafen uns noch dreimal irgendwo auf halber Strecke, gingen miteinander ins Bett in irgendeinem Hotel und verloren uns dann einfach aus den Augen. Hätte ich doch damals nur mehr Hartnäckigkeit bewiesen, wäre ich drangeblieben!

Wie ich später erfuhr, kehrte Amelie nach dem Studium nach Toulouse zurück, übernahm das väterliche Labor und lebt heute mit Ehemann und zwei Kindern in einer herrschaftlichen Villa am Stadtrand. Warum bin nicht ich dieser Ehemann geworden? Und wenn ja, würden wir uns heute immer noch so stürmisch lieben? Oder hätte ich Amelies Lebenshunger auf Dauer vielleicht gar nicht genügt? Aber ja, Amelie war wohl die Liebe, der ich bis heute nachtrauere.

Warum bin ich eigentlich bei Susanne hängengeblieben oder, vielleicht besser, kleben geblieben? Susanne hat mich immer bewundert, hat mich vergöttert, hat mich umsorgt. Das hat meinem Ego geschmeichelt. Susanne war immer für mich da, wenn ich sie brauchte. Es wäre einfach unfair gewesen, sie nach all den Jahren nicht zu heiraten. Aber ich habe sie niemals so geliebt wie Amelie. Habe ich Susanne überhaupt je wirklich geliebt?

Nach dem zweiten Studium arbeitete ich im Institut von Prof. Kaulitz bis zum Abschluss der Promotion. Mit meinem Prädikatsexamen als Dr. rer. nat. konnte ich zwischen mehreren interessanten Angeboten auswählen. Den Ausschlag zugunsten des Jobs bei Schwarzenbach-Pharma gab, dass Susanne so wieder in ihre Tübinger Heimat zurückkehren konnte. Zu ihren spießigen Eltern, ihren dämlichen Geschwistern und ihren langweiligen Freundinnen, die sie noch aus der Schulzeit kannte. Wie oft hatte ich mittlerweile schon bereut, nicht irgendeines der anderen Angebote gewählt zu haben, die mich nicht in dieses unsägliche private Umfeld nach Tübingen geführt hätten. Nicht in eine Gegend, in der eine nicht penibel sauber gefegte Garageneinfahrt spitze Bemerkungen der Nachbarn auslöste.

Vor fünf Monaten hatte mir Hans Schwarzenbach Senior in Aussicht gestellt, in die Geschäftsführung aufzusteigen. "Mein lieber Waffenschmidt", hatte er mich zu später Stunde auf der Weihnachtsfeier beiseite genommen, "Sie sind nun schon elf Jahre bei uns und haben immer einen erstklassigen Job gemacht. Kommen Sie doch nächsten Sonntag mal mit ihrer Frau zu uns zum Abendessen, damit wir mal ganz in Ruhe über Ihre Zukunft bei Schwarzenbach Pharma sprechen können. Ich bin übrigens der Hans!" Irgendwie hatte sich das angehört wie "lebenslänglich". Lebenslänglich in derselben konservativen Firma, lebenslänglich mit derselben, langweiligen Frau, lebenslänglich in derselben spießigen, schwäbischen Siedlung. Zum 60sten bekäme ich bestimmt den Pillen-Verdienstorden und zum Jubiläum einen goldenen Gartenzwerg.

Sollte das alles gewesen sein? Mit 40 am Ende aller Illusionen? Eingemauert in meinem Tübinger Mausoleum? Es war eindeutig noch zu früh für meinen Nachruf. Schauen wir doch mal, was Frau Servatius für Perspektiven zu bieten hat.

* * *

Jetzt sitzt er wieder der Personalberaterin gegenüber. "Nun, Herr Waffenschmidt, haben Sie ihren Nachruf geschrieben?" "Nein, ich musste feststellen, dass es dafür noch zu früh ist. Ich muss erst noch ein paar spannende Erfahrungen machen. Das Leben hat noch so viel zu bieten."

"Schön, dass Sie das erkannt haben, Herr Waffenschmidt! Dann kann ich davon ausgehen, dass Sie offen für neue Aufgaben sind? Ich suche einen Mann mit Ihrem Profil für den Aufbau einer neuen Produktionsstätte in Rumänien. Der Job ist als Co-Geschäftsführer des Werksleiters dotiert. Und bei Erfolg bietet ihnen der weltweit erfolgreiche Konzern noch sehr interessante Möglichkeiten. Das würde dann allerdings schon eine gewisse Flexibilität hinsichtlich der Standortwahl bedingen. Dank Ihrer Fremdsprachenkenntnisse sollten Ihnen Tätigkeiten im Ausland wohl keine Probleme bereiten."

Ist das jetzt die Chance, auf die er insgeheim gewartet hat? Die große berufliche Herausforderung? Die Gelegenheit zur Flucht vor der schwäbischen Enge?

Mit 40 ist er schließlich im besten Alter, noch einmal etwas Neues zu beginnen. Ein neues pharmazeutisches Werk mit aufzubauen, das wär's doch! Rumänien ist vielleicht nicht die Location seiner Träume, aber ganz sicher spannend. Und eine berufliche Karriere in einem weltweiten Konzern, ohne vom Wohlwollen seines neuen Duzfreundes "Hans" abhängig zu sein, wäre sicherlich ein Riesenschritt in die richtige Richtung. Endlich könnte er sein Sprachtalent einmal nutzen. Wozu hatte er denn ein Semester in Frankreich studiert?

Seine Tennisfreunde würden eben auf ihn verzichten müssen. Er selbst würde sie jedenfalls nicht vermissen. Frau und Kinder würden wahrscheinlich nicht nach Osteuropa mitgehen. Schade, dass er seine beiden Kinder seltener sehen würde, aber dafür müsste er die Launen seiner Ehefrau Susanne auch nicht mehr jeden Abend ertragen. Und die wöchentlichen Besuche bei den Schwiegereltern würden auch ohne ihn stattfinden. Also, was sollte ihn noch hier halten?

Alle diese Überlegungen schießen ihm blitzartig durch den Kopf, als er Dr. Servatius gegenüber sitzt. Sie sprechen noch über die Einzelheiten des neuen Jobs, über die finanziellen Bedingungen und die Kündigungsfrist bei seinem bisherigen Arbeitgeber Schwarzenbach Pharma. Alles hört sich sehr verlockend an. Er würde ihr jetzt etwas sagen müssen. "Diese Herausforderung interessiert mich sehr. Allerdings muss ich erst noch mit meiner Frau sprechen, für die ein Umzug nach Rumänien ja auch eine große Veränderung wäre. Geben Sie mir bitte eine Woche Bedenkzeit!"

Zwei Tage lang trägt Gerwin Waffenschmidt diese Idee mit sich herum, spricht mit niemandem darüber. Dann, nach dem Abendbrot, als die Kinder im Bett sind, erzählt er Susanne von dem Jobangebot, beschreibt die Karrierechancen, die Herausforderung, das sensationelle Gehalt.

Susanne ist schockiert, widerspricht dies doch völlig ihrer Lebensperspektive in ihrer schwäbischen Reihenhaussiedlung. Sie diskutieren den ganzen Abend. Gerwin sachlich und beschwichtigend, seine Ehefrau zwischen Wut und Tränen. Sie beschließen, erst einmal darüber zu schlafen. Am Frühstückstisch herrscht eisiges Schweigen.

Die nächsten zwei Tage ringt Gerwin mit sich, wägt Vor- und Nachteile ab. Soll er trotz des Widerstandes seiner Ehefrau nach Rumänien gehen? Susannes Ablehnung hat sich noch verhärtet. Sie lässt keinerlei Argumente zu, sagt schließlich: "Wenn du diesen Job annimmst, kannst du mich und die Kinder vergessen! Überlege dir das gut!"

Dr. Gerwin Waffenschmidt überlegt sich das gut. Er entschließt sich, das Angebot anzunehmen und ohne Familie nach Rumänien zu gehen. Susanne wird ihre Drohung schon nicht wahr machen. Er wird seine Familie ein oder zweimal im Monat besuchen, allein der Kinder wegen.

* * *

Gerwin ruft die Headhunterin an, um zuzusagen. Ja, da hätte sich noch eine andere Perspektive ergeben, sagt Dr. Servatius, ein ebenso qualifizierter Mitbewerber habe für seine Entscheidung nicht so lange gebraucht. Der Job sei weg.

Diesen Schock muss Gerwin erst einmal verdauen. Susanne weiß nun, dass er sich beruflich verändern möchte, früher oder später seine Lebensumstände verändern wird, ohne auf sie Rücksicht zu nehmen. Das wird das Zusammenleben mit ihr sicherlich ziemlich erschweren. Er beschließt, ihr erst einmal einen großen Rosenstrauß zu kaufen und sie zu einem schönen Abendessen ins "Chez Alex" einzuladen, um zu feiern, dass er sich "gegen Rumänien" entschieden hat. Doch insgeheim hat er seine

Entscheidung über seinen künftigen Lebensweg bereits getroffen.

Am nächsten Tag ruft Dr. Gerwin Waffenschmidt die Personalberaterin erneut an, beauftragt sie, einen neuen Job für ihn zu finden, im Ausland, soweit weg wie möglich.

So erweist sich die Aufgabe, seinen eigenen Nachruf zu verfassen, letztlich doch noch als sehr hilfreich.

Car Rental

Freunde hatten Alice und Bettina empfohlen, den Mietwagen für die geplante Andalusien-Woche nicht schon im Voraus zu buchen, sondern direkt bei der Ankunft im Flughafen von Alicante. Dort gäbe es lokale Autovermieter, die sehr viel günstiger seien. Gesagt, getan. Die beiden Freundinnen sondieren das Angebot in der Ankunftshalle. Am unaufwendig, aber chic gestalteten Tresen von Pedro's Rent-a-car sitzt eine junge Spanierin vor einem großen Schild an der Rückwand: "Fiat 500 - 19 €/dia". Das ist noch nicht einmal die Hälfte von dem, was die etablierten Autovermieter verlangen. "Lass uns da mal fragen, das scheint mir interessant", meint Alice.

"It's nineteen Euro per day or just 99 Euro per week. You'll get a full tank and you'll return it with a full tank. You have to give us a 1.000 Euro warranty by your credit card, which won't be refunded in case of any damage of the car. If you prefer, you can choose an insurance option at a supplementary fee of 13 Euro per day reducing the liability to 500 Euro only."

"Wir sind doch vorsichtige Fahrerinnen, da brauchen wir doch keine zusätzliche Versicherung", meint Bettina. "Und außerdem hätten wir ja noch die Mietwagenversicherung über die Kreditkarte."

"Okay, let's hire the Fiat 500 for a week without collision damage waiver." Die Spanierin schaut in ihren Unterlagen nach und sagt: "Sorry, there is no Fiat 500 left, but I'll give you a Seat Ibiza for the same price, which is a little larger and offers you a better comfort." Alice unterschreibt den Vertrag und nimmt den Autoschlüssel in Empfang. Der Wagen steht im Parkhaus nebenan, eng geparkt zwischen mehreren, ebenfalls weißen Mietwagen in einer der letzten, leider etwas dunklen Reihen.

Als die beiden Touristinnen zwei Stunden später auf ihrem Weg nach Sevilla eine Pause machen, entdecken sie eine Vielzahl kleiner Beulen und größerer Kratzer an ihrem Mietwagen. Für eine Reklamation sind sie schon zu weit von der Vermietstation entfernt. "Die Vorschäden werden die ja wohl hoffentlich vermerkt haben!", meint Alice. "Jedenfalls können wir jetzt auch nichts mehr ändern. Warten wir mal die Rückgabe ab."

Der Seat fährt sich angenehm und problemlos, allerdings merkt man ihm die 62.000 km auf holprigen, spanischen Landstraßen schon an. Dennoch verleben sie schöne und interessante Tag in Andalusien.

Als sie eine Woche später das Auto am Flughafen vollgetankt zurückgeben wollen, gibt es keinen speziellen Rückgabeschalter ihrer Autovermietung. Sie suchen jemanden, der das Auto abnimmt, finden aber nur eine Art Parkwächter, der ihnen den Abstellplatz zeigt und den Briefkasten, in den sie den Schlüssel werfen sollen. Die Zeit ist zu knapp, um jetzt noch den Schalter der Autovermietung im Ankunftsbereich aufzusuchen. "Ist jetzt auch egal", meint Alice.

Zwei Wochen später erhält Bettina die Kreditkartenabrechnung mit zwei Abbuchungen der Autovermietung, eine mit der vereinbarten Miete von 99 Euro für eine Woche und eine weitere über 1.000 Euro Kaution.

Sie reklamiert den, ihrer Meinung nach, zu viel abgebuchten Betrag, per E-Mail, erhält aber trotz mehrfacher Anmahnung auch in den kommenden Wochen keine Reaktion.

Im Internet recherchiert sie, dass sie vermutlich auf eine in südeuropäischen Urlaubsregionen nicht gerade seltene Abzocke hereingefallen ist. Sie wendet sich an die heimatliche Polizei und erstattet Anzeige. Der aufnehmende Beamte macht ihr allerdings nicht viel Hoffnung, dass sie ihr Geld aus dem Ausland zurückbekommt. Voraussichtlich müsse sie die Autovermietung an ihrem Firmensitz in Spanien verklagen, was mit unverhältnismäßig hohen Kosten verbunden sei.

Bei weiteren Recherchen im Internet entdeckt Bettina eine Selbsthilfegruppe, die einen Detektiv beauftragt hat, einem Ring betrügerischer Autovermieter in Spanien auf die Schliche zu kommen. Gegen einen geringen Beitrag tritt sie der Gruppe bei.

* * *

Privatdetektiv Fernando Gomez aus Malaga hat sich auf gewerbsmäßigen Versicherungsbetrug spezialisiert. So ist auch die deutsche Selbsthilfegruppe auf ihn zu gekommen und hat ihn beauftragt, die Machenschaften mehrerer dubioser Autovermietungen in den schönsten Ferienregionen der iberischen Halbinsel unter die Lupe zu nehmen. Was er nun auch tut, allerdings eher im eigenen Interesse. Nach einem Jahr intensiver Arbeit hat er herausgefunden, dass diese Autoverleiher nach folgendem Geschäftskonzept vorgehen.

Die extrem niedrige Rate lockt Kunden an, z. B. 19 €/Tag für Nissan Micra, Fiat 500, Seat o.ä.

Vom Kunden werden bei Anmietung 1000 € Kaution abgebucht, es sei denn, er bucht eine Vollkaskoversicherung, die im Verhältnis zur Fahrzeugmiete unverhältnismäßig teuer ist.

Diese angebliche Versicherung existiert gar nicht, sondern ist lediglich eine Freistellung des Kunden von der Schadenshaftung.

Die alleinige Nutzung der Mietwagenversicherung der Kreditkarte wird den Kunden ausgeredet, aufgrund des Selbstbehalts und angeblich problematischer Schadensregulierung.

Das Mietfahrzeug weist bereits einen hohen km-Stand auf und viele, teils erhebliche, Schäden (dafür ist die Miete ja auch niedrig).

Der Kunde wird laut AGB bei dem kleinsten Kratzer mit der vollen Kaution in Regress genommen (1.000 €).

Dass der Kratzer bereits bei Mietbeginn vorhanden war, lässt sich nie nachweisen, da Fahrzeug-Übergabe und -Rücknahme aufgrund von Personalmangel oder aus anderen dubiosen Gründen niemals korrekt durchgeführt werden.

Diese durch die Kaution "bezahlten" Schäden werden allerdings nie repariert.

D.h. jede Vermietung bringt zumindest die Kaution netto ein, was bei einer Vermietung von z.B. 25 Wochen à 1.000 € im Jahr 25.000 € ausmacht, was den Wertverlust der betagten Mietwagen um ein Vielfaches übersteigt.

Da die geschädigten Kunden die Autovermietung an deren Firmensitz in Spanien verklagen müssten, was mit unübersehbaren Kosten verbunden ist, verzichten diese in der Regel darauf. Falls doch einmal ein Kunde ernsthaft mit einer Klage droht, vermeidet der Vermieter den Prozess doch noch durch einen kulanten Vergleich.

* * *

Dieses Geschäftsmodell floriert jahrelang bestens. Doch eines Tages taucht bei Pedro's Rent-a-car in Alicante ein gewisser Fernando Gomez auf, der in wochenlanger Detektivarbeit Beweise für die fortgesetzten Betrügereien gesammelt hat.

"Mein Name ist Gomez. Ich bin Privatdetektiv und habe Ihre Geschäfte seit einiger Zeit verfolgt. Sie können sich sicherlich vorstellen, was ich dabei herausgefunden habe?"

Gomez hält Pedro fotokopierte Belege und Fotos von dessen illegalen Geschäften unter die Nase. Die Miene des Autovermieters schwankt zwischen Entsetzen und Angst: "Woher haben Sie das?"

"Ich nehme an, dass es in Ihrem Interesse liegt, wenn dieses Wissen unter uns bleibt, nicht wahr? Und ich nehme ebenfalls an, dass Ihnen das einiges wert sein dürfte."

Der Detektiv erpresst den Autovermieter mit den gefundenen Beweisen und fordert eine Beteiligung an den Erträgen. Diesem bleibt nichts anderes übrig, als zunächst auf die Forderung des Erpressers einzugehen und diesem 50 % der vereinnahmten Kautionen abzutreten. Bei 20 Mietfahrzeugen sind das immerhin gut 200.000 € im Jahr.

Zur Übergabe des Geldes erscheint Fernando alle zwei Wochen auf einem Schrottplatz am Stadtrand von Alicante, der zu Pedro's kleinem Betrüger-Imperium gehört. Sicherheitshalber kommt er immer in Begleitung des Muskelpakets Diego, der seine 38er Magnum griffbereit im Achselholster sehen lässt. Ein Umschlag mit gebrauchten Scheinen wechselt den Besitzer, Fernando zählt nach und fährt wieder davon.

Nach einem knappen Jahr beschließt Pedro, seinen Peiniger bei nächster Gelegenheit loszuwerden, wobei er beabsichtigt, die Einrichtungen seines Entsorgungsbetriebes sinnvoll zu nutzen.

Als Fernando mit Begleitung wieder einmal auf den Schrottplatz kommt, um seinen Anteil abzuholen, sitzt Pedro gerade im Führerhaus des Krans, der die ausgeschlachteten Schrottfahrzeuge in die Schrottpresse befördert. Die Gelegenheit ist günstig, denkt er sich. Bevor ihn die beiden Neuankömmlinge bemerkt haben, bewegt er den Greifer des Krans über den kleinen SUV, in dem diese nichtsahnend sitzen. Pedro bedient den Knüppel am Steuerstand, der Greifer packt das Auto des Erpressers unversehens, um es samt Insassen in die gerade aktive Schrottpresse zu hieven. Die Türen sind durch die Zangen des Greifers blockiert, ein Entkommen unmöglich, was Fernando und Diego mit Entsetzen realisieren. Diego zieht noch seinen Colt, versucht auf das Kranführerhaus zu zielen, in dem er Pedro jetzt entdeckt hat, aber der Schusswinkel passt nicht.

Doch nun kommen Pedro doch Bedenken, die Beiden ins Jenseits zu befördern. Vielleicht sollte er ihnen nur einen Denkzettel verpassen, damit sie ihn künftig in Ruhe lassen. Der Autovermieter am Schaltpult zaudert, überlegt, die Schrottpresse gerade noch rechtzeitig durch einen Druck auf den roten Knopf zu stoppen.

Pedro ist aufgeregt. Ein stechender Schmerz durchfährt seine Brust, schießt bis in den linken Arm hinein, das Herz. Der Herzinfarkt setzt ihn blitzschnell außer Gefecht, er kann nicht mehr den roten Knopf drücken, der die Presse angehalten hätte und das Auto samt Insassen wird zerquetscht.

Ein Mitarbeiter des Schrottplatzes findet am Montagmorgen seinen Kumpel, den toten Autovermieter, im Kranführerhaus. Von den toten Männern in dem letzten Blechklotz ahnt er nichts. Sie bleiben vermisst.

Der gelbe Mercedes

Silke und Dietmar sind mit Jürgen in dessen altem, gelbem Mercedes unterwegs. Es ist eine sogenannte Strich-Acht-Limousine, ein 230er in einem leicht grünlichen Senfgelb, den er von seinem Vater geerbt hat. Die drei sind guter Dinge, unterhalten sich und albern herum.

Vor einer Bushaltestelle verengt sich die Fahrbahn, aus zwei Fahrstreifen wird einer. Jürgen quetscht sein Fahrzeug zwischen zwei andere. Der Abgedrängte hupt verärgert. Es ist ebenfalls ein älterer Mercedes, ein offenes Cabrio aus den 90er Jahren mit dicken Auspuffrohren und breiten Rädern, der nun Jürgen überholt, knapp vor ihm einschert und plötzlich demonstrativ auf die Bremse tritt. Damit hat Jürgen nicht gerechnet. Er hatte kurz zu Dietmar auf dem Beifahrersitz herübergeschaut und nicht aufgepasst. Rrumms! Der gelbe Mercedes kracht in das Heck des silbernen SL, zwar mit recht geringer Aufprallgeschwindigkeit, dennoch ist der Schaden beträchtlich.

Schockiert halten beide Fahrer am rechten Fahrbahnrand und gehen schimpfend aufeinander los. Ganz objektiv gesehen tragen wohl beide eine Teilschuld. Jürgen kam von hinten und war für einen Augenblick unaufmerksam. Der Sportwagenfahrer hatte den Unfall durch die demonstrative Bremsung

provoziert. Vermutlich wird ein Richter dem Brem-
ser eine Mitschuld geben. Geschieht ihm recht, dem
unsympathischen Schnösel mit Gelfrisur, tätowier-
ten Unterarmen und verspiegelter Sonnenbrille. Wie
aber werden sich die Freunde als Zeugen verhalten?

a. pro Freund
b. wahrheitsgemäß
c. einer so, einer so

und später bei Variante b):
a. es beeinträchtigt die Freundschaft
b. es beeinträchtigt die Freundschaft nicht

und noch später bei Variante c):
a. Dietmar wirft Silke Illoyalität vor
b. Silke wirft Dietmar Unredlichkeit vor

Wie wird sich die Beziehung zwischen Silke und
Dietmar entwickeln?

* * *

Beide Kontrahenten reagieren aggressiv und mit
gegenseitigen Schuldzuweisungen. "Sie haben völlig
unmotiviert gebremst, nur um mich zu ärgern!",
schimpft Jürgen. "Du Penner! Du hast wohl in der
Fahrschule geschlafen! Und nicht mal jetzt kannst
du aufpassen! Bist du besoffen oder was?", kontert
der Schnösel mit dem SL. Es bleibt also nichts anderes übrig, als die Polizei zu rufen. Nach einer guten

halben Stunde treffen die Beamten ein, nehmen die Personalien der Beteiligten und der beiden Zeugen, den Schaden und den mutmaßlichen Unfallhergang auf. Passanten, die den Vorfall beobachtet haben, gibt es keine, zumindest keine, die bereit gewesen wären, den Unfallhergang zu bezeugen. Also befragen sie die beiden Beifahrer in Jürgens Auto. Die Aussagen werden notiert. Acht Wochen später kommt es zur Gerichtsverhandlung, wo die Zeugen ihre Aussagen wiederholen.

* * *

a.   Die Freunde sagen zugunsten von Jürgen aus.

Silke: "Der ist auf einmal vor uns eingeschert und hat plötzlich ohne jeden Grund gebremst. Da war gar kein Platz mehr, um überhaupt bremsen zu können. Keine Ahnung, was den geritten hat."

Dietmar: "Ja, genauso war es! Der war auf einmal vor uns. Ich habe nur noch die roten Stopplichter gesehen. Und dann hat's auch schon gekracht!"

Gerichtsurteil: Der auffahrende Unfallbeteiligte J. war gegenüber dem vorausfahrenden Verkehr unachtsam und hat den Unfall schuldhaft verursacht. Dem Unfallbeteiligten U. wird eine Teilschuld von 50 % zur Last gelegt, da erst sein unvorhersehbarer Bremsvorgang den Unfall möglicherweise herbeigeführt hat. Da beide Kontrahenten durch die Schäden an ihren Fahrzeugen schon genug gestraft sind, sieht der Richter von einem Bußgeld ab.

Auswirkung: Nach der Gerichtsverhandlung lädt Jürgen die Freunde auf einen Kaffee ein und bedankt sich für den Freundschaftsdienst, obwohl er ein etwas schlechtes Gewissen hat.

* * *

b.   Die Freunde sagen wahrheitsgemäß aus.

Silke: "Jürgen hat den Unfallgegner zuvor beim Einfädeln in die Spur völlig leichtsinnig geschnitten. Dass der das nachher genauso gemacht hat. kann ich durchaus verstehen. Und als der dann gebremst hat, hat Jürgen schlicht und einfach gepennt."

Dietmar: "Genauso war es. Jürgen hat sich mit mir unterhalten, hat zu mir rüber geguckt und die Bremslichter nicht gesehen. Tut mir leid, Jürgen, aber ich kann doch hier vor Gericht keine Lügen erzählen."

Gerichtsurteil: J. hat den Unfall durch seine Unaufmerksamkeit verursacht und trägt die Alleinschuld. Er erhält ein Bußgeld von 120 Euro und einen Monat Fahrverbot wegen grob fahrlässiger Gefährdung des Straßenverkehrs.

Auswirkung: Beim Abschied nach der Gerichtsverhandlung ist Jürgen stinksauer und sagt lediglich: "Ihr seid mir ja ein paar schöne Freunde! Wer euch zum Freund hat braucht wirklich keine Feinde mehr."

Oder: Beim Abschied nach der Gerichtsverhandlung lädt Jürgen die Freunde noch auf ein Glas in der Kneipe gegenüber ein: "War irgendwie Mist! Aber ihr könnt ja auch nichts dafür. Lasst uns darauf einen heben und dann vergessen wir das Ganze am besten!"

* * *

c.   Die Freunde sagen unterschiedlich aus, Silke gegen Jürgen, Dietmar für Jürgen.

Silke: "Jürgen hat den SL-Fahrer zuvor beim Einfädeln in die Spur völlig leichtsinnig geschnitten. Dass der das nachher genauso gemacht hat. kann ich durchaus verstehen. Und als der dann gebremst hat, hat Jürgen schlicht und einfach gepennt."

Dietmar: "Das stimmt doch gar nicht! Der ist auf einmal vor uns eingeschert und hat plötzlich ohne jeden Grund gebremst. Da war gar kein Platz mehr, um überhaupt bremsen zu können. Keine Ahnung, was den geritten hat. Jürgen hatte gar keine Chance zu bremsen!"

Gerichtsurteil: Der auffahrende Unfallbeteiligte J. hat den Unfall schuldhaft verursacht, indem er den Unfallbeteiligten U. zunächst geschnitten hat und anschließend unaufmerksam war. Eine Mitschuld des Unfallbeteiligten U. aufgrund unmotiviert plötzlichen Bremsens kann aufgrund der Zeugenaussagen nicht ausgeschlossen werden. U. erhält eine Teilschuld von 25 %. Gegen J. wird ein Bußgeld i.H.v. 90 € verhängt.

Auswirkung: Die Freunde gehen nach der Gerichtsverhandlung noch in die Kneipe gegenüber. Jürgen sagt schuldbewusst: " Naja, hätte schlimmer ausgehen können. Die Situation war ja wirklich ein wenig unklar. Hat man ja auch an euren Aussagen gemerkt."

* * *

Auswirkung von c) auf die Beziehung zwischen Silke und Dietmar.

Dietmar zu Silke: "Ich bin völlig entsetzt über dein Verhalten gegenüber Jürgen. Er ist immerhin unser Freund. Den kannst du doch nicht so einfach in die Pfanne hauen! Wenn mir mal so etwas passiert, kann ich dann genauso wenig auf dich zählen? Das gibt mir doch sehr zu denken!"

Silke zu Dietmar: "Ich bin eben nicht so verlogen wie du. Du hast eben keinen aufrechten Charakter, sondern beugst einfach das Recht. Ich weiß nicht, ob ich meine Zukunft mit so einem Rechtsverdreher verbringen möchte. Kann ich mich überhaupt auf dich verlassen, wenn ich einmal in eine schwierige Situation gerate?"

* * *

Übrigens, drei Monate später haben sich Silke und Dietmar getrennt. Das Vertrauen war zerstört.

Diamantenfieber

Robert Wantzenau wurde im nördlichen Elsass geboren und ging in Wissembourg an der Grenze zu Deutschland zur Schule. Zwar wuchs er im Spannungsfeld zweier Kulturen auf, wodurch ihm neben der Zweisprachigkeit eine gewisse Weltoffenheit in die Wiege gelegt wurde, aber die Enge der Provinz trieb ihn nach dem Abitur in die Fremde. Im Rahmen seiner Ausbildung zum Hotelfachmann konnte er seine Englisch-Kenntnisse perfektionieren. Außerdem verbrachte er ein Jahr seiner Ausbildungszeit in Lugano, im Tessin, wo Italienisch gesprochen wird. So lernte er, in vier Sprachen Konversation zu treiben, ohne dass irgendjemandem auffiel, dass Robert eigentlich aus sehr kleinbürgerlichen Verhältnissen kam.

Dank seines guten Aussehens und gewinnenden Charmes gelang es ihm, sich bis in höhere gesellschaftliche Kreise hochzuarbeiten. Dabei half ihm seinerzeit Katharina, eine attraktive und einflussreiche Witwe, die ihren Mann mit 42 Jahren bei einem Autounfall verloren hatte. Er hinterließ ihr ein stattliches Vermögen.

Katharina die Große, wie sie von ihren Freunden genannt wurde, erlag dem verführerischen Charme des 25jährigen Robert und nahm ihn erstens unter ihre Fittiche und zweitens zum Geliebten. Von ihr lernte er, wie man sich in Gesellschaft benimmt, wie man sich kleidet und wie man mit völlig Fremden anregende Konversation betreibt. Mit Intelligenz und Neugier erwarb er sich das Wissen, um stets bei aktuellen Themen mitreden zu können. Katharina schmückte sich mit dem jungen Lover, nahm ihn mit in die besten Restaurants und Hotels, auf den Golfplatz, zu Pferderennen und auf Bälle, zu Charity-Events und auf Partys.

Es waren drei schöne Jahre, bis sie feststellen musste, dass sich ihr junger Geliebter so ganz nebenbei seinerseits sehr intensiv mit jungen Geliebten befasste. Sie schmiss ihn raus aus ihrem Haus und aus ihrem Leben.

Zwar konnte sich Robert fortan in Katharinas Kreisen nicht mehr blicken lassen, doch hatte ihn die Lehrzeit, wie er diese prägenden Jahre später nennen sollte, in die Lage versetzt, überall, wo er auch hinkam, anzudocken. Insbesondere bei den Damen unterschiedlichsten Alters kamen seine gewinnende Art und sein attraktives Äußeres bestens an. Mittlerweile bevorzugte er in Gesellschaft elegante Kleidung italienischer Designer und ansonsten sportlich lässiges Outfit von Ralph Lauren. Alles noch von Katharina gesponsert, die ihm sogar drei der teuren Armbanduhren ihres verstorbenen Mannes geschenkt hatte. Mit seiner durchtrainierten Figur, dem lässigen Sechstagebart und den strahlend blauen Augen wirkte er auf die Damenwelt wie die pure Verführung.

Allerdings ergab sich nun die Frage, wie Robert seinen doch recht anspruchsvollen Lebensstil künftig finanzieren wollte. Entweder er suchte sich wieder eine reiche Witwe oder einen lukrativen Job. Mit seiner Ausbildung zum Hotelfachmann konnte er lediglich schlecht bezahlte Anstellungen bekommen. Er musste also seine übrigen Talente einsetzen.

***

Eines Abends spricht ihn in einer Bar ein recht teuer gekleideter Herr an. Er erzählt, dass er in der Schmuckbranche tätig sei und immer nach talentierten Vertriebspartnern suche. Das hört sich interessant an und so lässt sich Robert gerne zum Abendessen einladen.

Der Vertriebsweg bestehe darin, vermögenden Privatleuten wertvolle Ringe, Armreifen und andere Schmuckstücke zu attraktiven Preisen zu verkaufen, ohne Rechnung gegen Bares versteht sich. Der Vertriebspartner bekäme die Ware in Kommission. Man träfe sich einmal monatlich in einem Hotel, um abzurechnen. Was über den vereinbarten Abgabepreis hinausginge, könne der Vertriebspartner behalten. Er bestimme seine Einkünfte gewissermaßen selbst. Wie er seinen Absatz gestalte, bliebe ihm selbst überlassen, also die große Freiheit.

"Das hört sich zwar interessant an", sagt Robert, "aber wie kommen Sie überhaupt auf die Idee, dass ich auf der Suche nach solch einem Job sein könnte?"

"Ich habe Sie beobachtet, als Sie hier mit Ihrem alten, klapprigen Fahrrad ankamen. Das passt nicht so richtig zu Ihrer Kleidung. Ich vermute, dass Sie mal bessere Zeiten gesehen haben. Sonst hätte ich Sie auch nicht zum Essen eingeladen. Sie wirken auf mich, als wäre der Job etwas für Sie. Ich habe mich übrigens noch gar nicht vorgestellt: Meyer, Günter Meyer."

"Angenehm, Robert Wantzenau. Sie haben das gut beobachtet. Ja, das könnte ich mir durchaus vorstellen. Ich sehe allerdings ein kleines Problem: ich bin finanziell ein wenig angespannt. Um an die entsprechende Klientel heranzukommen, bräuchte ich etwas Startkapital. Sagen wir so zehntausend Euro."

"Das könnten Sie von mir bekommen. Ich sehe, Sie tragen eine wertvolle Uhr, eine Chopard Luna d'Oro. Neu kostet die dreißigtausend Euro. Die könnten Sie mir erstmal als Pfand dalassen und ich mache ein Foto von ihrem Personalausweis."

"Das klingt interessant", sagt Robert, "aber da muss ich erst noch eine Nacht drüber schlafen, Herr Meyer."

"Gut, ich bin morgen früh noch im Hotel. Wir könnten uns um 8:30 Uhr hier zum Frühstück treffen."

* * *

"Ich habe mir Ihr Angebot durch den Kopf gehen lassen. Okay, ich bin dabei! Lassen Sie uns über die Details reden", erklärt Robert am nächsten Morgen.

"Na dann Willkommen an Bord, Herr Wantzenau! Auf eine erfolgreiche Zusammenarbeit!" Meyer greift in die Innentasche seines Kaschmirjacketts, holt einen Umschlag mit einem Packen Banknoten hervor, zählt hundert Hunderter ab und legt den Umschlag neben seine Tasse. "So, das wäre dann Ihr Startkapital. Und nun fangen wir mal mit etwas Warenkunde an."

Während Günter Meyer ihm einen ersten groben Überblick über die Juwelen gibt, die er ganz lässig aus seiner Jackettasche hervorholt, beginnt Robert bereits, erste Ideen für seine künftigen Verkaufsaktivitäten zu entwickeln.

Abends im Bett kann Robert nicht einschlafen. Seine Gedanken kreisen um die Möglichkeiten, die sich aus dieser Zufallsbekanntschaft ergeben können. Mit einem groben Plan im Kopf findet er um drei Uhr morgens endlich in den Schlaf. In der folgenden Woche erhält er dann noch eine intensive

Schulung, um sich auch gegenüber Juwelenexperten keine Blöße zu geben. Dank Roberts rascher Auffassungsgabe und seines guten Gedächtnisses ist Günter Meyer optimistisch, dass sein neuer Vertriebspartner seine Hoffnungen erfüllen wird.

* * *

Ausgestattet mit dem gebündelten Baren und einer Grundausstattung hochwertiger Juwelen macht sich Robert im gemieteten BMW auf nach Baden-Baden, wo er sich in Brenners Parkhotel, seit Jahrzehnten dem ersten Hotel am Platze, einmietet. Im nahegelegen Iffezheim ist Rennwoche, die alljährlich sowohl die Reichen und die Schönen anlockt als auch diejenigen, die sich bemühen, von deren Glanz etwas abzubekommen. Darunter sind auch zahlreiche Zocker, denen die Pferdewetten manchmal einen vollen Geldbeutel bescheren und ein andermal an den Rand des Ruins treiben.

Der elegant gekleidete Robert lässt sich auf der Haupttribüne sehen, flirtet mit attraktiven oder auch weniger reizvollen Damen, bei denen er sich vorstellen kann, sie als Kundinnen zu gewinnen. Entdeckt er eine von ihnen des Abends an der Hotelbar, sucht er ihre Nähe und bemüht sich, mit ihr und ihrem Begleiter ins Gespräch zu kommen. Am zweiten Abend, wenn schon eine gewisse Vertrautheit eingetreten ist, bringt er das Gespräch auf das Thema Schmuck, zum Beispiel, indem er die Ohrringe der

Dame oder die Armbanduhr des Herrn bewundert. "Darf ich Ihnen ein Kompliment zu Ihren wundervollen Ohrringen machen? Ich sehe, Sie verstehen etwas von Schmuck." Und etwas später: "Ich habe hier etwas, das Sie vielleicht interessieren könnte. Schöne Juwelen sind nämlich auch meine Leidenschaft." Die aus kleinen Samtsäckchen hervorgezauberten Saphirringe, Armreifen im Bulgari-Stil oder Brillant-Colliers verfehlen ihre Wirkung nicht.

"Schauen Sie doch mal durch meine Lupe: top wesselton, flawless, und erst der Schliff! Der perfekte Brillant."

Robert merkt, wie die Dame in Versuchung gerät, aber nichts sagt. Ihr Gatte fragt: "Über welchen Preis reden wir hier eigentlich?"

Robert dreht das kleine Preisschild, das an einem roten Faden hängt, um: "Sehen Sie, da steht "25T", das heißt 25.000 Euro. Das wäre der normale Preis beim Juwelier. Davon rechnen Sie jetzt einmal die Hälfte runter, denn bei mir kaufen Sie ja zum Großhandelspreis, also 12.500 Euro. Für die Größe und Reinheit des Steins ist das fast geschenkt. Da können Sie gar nichts falsch machen."

"Das müssen wir uns noch einmal überlegen", sagt der Herr, zwinkert Robert aber verschwörerisch zu, als seine Gattin gerade wegschaut. Der Ring wäre also verkauft, denkt sich der frischgebackene Juwelenhändler.

Am nächsten Morgen beim Frühstück wechseln ein Umschlag und ein Samtsäckchen ganz diskret den Besitzer, als die Ehefrau sich gerade ihre frisch zubereiteten Spiegeleier ‚sunny side up‘ holt.

Auf ähnliche Weise gelingt es Robert an diesem Wochenende noch vier weitere Schmuckstücke zu verkaufen. Insgesamt 36.000 Euro Umsatz und 11.000 Euro Gewinn für ihn. Nicht schlecht für den Anfang.

Abzüglich 1.700 Euro für Hotel, Rennbahn und den gemieteten BMW bleiben immerhin 9.300 Euro übrig - cash und steuerfrei. Ein lohnendes Geschäft.

In den kommenden Wochen und Monaten verbringt Robert viel Zeit in Luxushotels, sucht dort mit guter Menschenkenntnis seine potenzielle Klientel aus und bringt seine Juwelen an den Mann, bzw. die Frau. Festspiele in Bayreuth und Montreux, Skiurlaub in Gstaad und Kitzbühel, Kunstmessen in Maastricht und Basel. Die Zeit ist ausgefüllt und der Bargeldbestand erhöht sich zusehends. Einmal im Monat trifft er sich mit Herrn Meyer völlig anonym in einem Hotel irgendwo in Deutschland. Beide Seiten sind zufrieden.

Robert vermutet, dass die Juwelen gar nicht aus der Konkursmasse von Juwelieren stammen, wie Meyer immer behauptet. Die Schmuckstücke sehen stets aus wie neu, könnten aber einfach gut aufpoliert sein. Allerdings ist bei den teureren Stücken, so ab zehntausend Euro aufwärts, immer eine Expertise eines Antwerpener Gutachters dabei. Wobei man natürlich nicht weiß, ob so ein Dokument auch Bestand hat. Letztlich weiß er nicht einmal, ob der Antwerpener Experte überhaupt wirklich existiert oder ob es sich nur um eine fingierte Adresse, bestehend aus einem Stempel und einem Briefkasten, handelt. Die günstigen Einkaufspreise und die enorme Marge machen ihn skeptisch. Es könnte sich auch um Hehlerware aus Straftaten wie Raub oder Schmuggel handeln, vielleicht auch aus notleidendem Privatbesitz oder nicht eingelöster Pfandleihe bei einem Kredithai. Aber: "Was ich nicht weiß, macht mich nicht heiß!", lautete schon ein alter Kinderreim.

Egal, woher die Ware stammt, die Geschäfte laufen gut. Schade nur, dass Robert seinen neu gewonnenen Reichtum nicht mit einer liebenden Partnerin genießen kann. Aber irgendwann würde ihm schon die Richtige begegnen. Das ist ja ein weiterer Vorteil seines "Berufs": er kommt viel rum und lernt viele Leute kennen.

* * *

Mitte Juni geht Robert einmal wieder seinem Job nach, diesmal in Wien, einer seiner Lieblingsstädte. Er mietet sich für ein paar Tage im weltberühmten Hotel Imperial ein, wo er sich bemüht, in nun schon bewährter Manier an der Hotelbar mit seinen potenziellen Kunden ins Gespräch zu kommen und ihnen gegen Bares wertvollen Schmuck zu günstigen Preisen zu verkaufen.

Eines Abends will er an der Bar seinen Aperitif zu sich nehmen und kommt mit seiner Nachbarin, einer großen, schlanken Schönheit in seinem Alter, ins Gespräch. Er fühlt sich wie vom Blitzschlag getroffen, so sehr ist er von ihr beeindruckt. Die bis zur Taille reichende, seidige, haselnussbraune Mähne fällt ihr seitlich ins Gesicht. Sie spielt verführerisch mit ihrem Lächeln aus grünen Katzenaugen und sanft geschwungenen Lippen. Die hauchdünne, helle Seidenbluse lässt die straffen Brüste mehr als nur erahnen und die eng sitzende Hose betont die perfekten Formen ihres Körpers. Dazu trägt sie hochhackige Pumps. Die reine Sünde, denkt Robert. Sie kommen ins Gespräch, nehmen nach dem Aperitif noch einen zweiten Drink und dann noch einen dritten. Ganz offensichtlich findet Claudia, so hat sie sich vorgestellt, an dem hübschen Kerl genauso viel Gefallen, wie er an ihr. Nach dem Besuch des Stadtheurigen und mehreren Schoppen bei Wiener Schnitzel und Kalbstafelspitz verabschieden sie sich spät am Abend mit Küsschen vor der Hotelzimmertür und verabreden sich für den nächsten Tag zum Frühstück.

Diesmal trägt Claudia ein enges Baumwollshirt, das wirkt, als wäre es eine zweite Haut. In den kurzen Jeansshorts erscheinen ihre schlanken Beine geradezu endlos. Diese Frau macht ihn geradezu verrückt. Sie verbringen einen herrlichen Sonnentag in Wien, fahren raus nach Grinzing, gehen im Schlosspark Hellabrunn spazieren und landen nach einem knoblauchträchtigen Dreigangmenü in einem französischen Bistro schließlich im Bett, wo sie die halbe Nacht kaum zum Schlafen kommen. Robert ist bis über beide Ohren verliebt und denkt gar nicht mehr daran, dass er ja eigentlich in Wien ist, um Geld zu verdienen. Im Laufe der nächsten beiden Tage wächst die Vertrautheit zwischen den Beiden und morgens, nachdem sie wieder eine Nacht voller Leidenschaft verbracht haben, erzählt er ihr von seiner Tätigkeit als reisender Juwelenhändler.

Für den Mittag haben sie sich in der Trattoria Antinori am Stephansdom verabredet. Robert schaut auf die Uhr: Claudia ist schon seit zwanzig Minuten überfällig. Es wird ihr doch nichts passiert sein, seit sie sich vor zwei Stunden getrennt haben? Nach einer Stunde vergeblichen Wartens gibt Robert auf und kehrt zum Hotel Imperial zurück. Der Portier übergibt ihm eine Nachricht aus seinem Schlüsselfach: "Ich habe die drei Tage mit dir genossen, aber ich kann leider nicht anders. Claudia".

Enttäuscht geht Robert auf sein Zimmer, wundert sich, warum es hier aussieht, als hätte eine Bombe eingeschlagen. Er wird unruhig, schaut in den kleinen Safe im Kleiderschrank: leer. Außer Claudia selber fehlen die 32.000 Euro in bar, die er dort deponiert hat, und der gesamte Schmuck im Einkaufswert von knapp 50.000 Euro, die Kommissionsware von Günter Meyer. "Sie muss mich schon vor der Begegnung in der Bar bei meinen Juwelenverkäufen beobachtet haben und auch später, als ich das Safeschloss programmiert habe, anders kann es kaum gewesen sein", gehen ihm die Gedanken durch den Kopf.

Der GAU ist eingetreten, die größte anzunehmende Unwahrscheinlichkeit. Er hat sich wie ein Amateur von der schönen Räuberin ausnehmen lassen. Und nicht nur sein eigenes Geld ist weg, nein, er schuldet jetzt auch seinem Lieferanten Meyer 82.000 Euro. Und die Hotelrechnung ist auch noch offen. Und bei der dubiosen Herkunft des Schmucks und des Schwarzgelds kann er die Polizei auch nicht einschalten. Wenigstens bleiben ihm noch die Einnahmen von seinen letzten Verkaufstouren, die er in einem Banksafe deponiert hat.

Eine SMS von seinem Lieferanten Günter Meyer trifft ein mit dem Termin für das nächste Treffen zwecks Abrechnung und Auffüllung von Roberts Warenbestand: "Kommenden Donnerstag um 11:11

Uhr in der Lobby des Münchner Sheraton-Hotels am Flughafen!"

Robert traut sich gar nicht, mit Meyer Kontakt aufzunehmen. Bei einem früheren Treffen hatte der angedeutet, dass noch niemand überlebt hätte, der versucht hatte, ihn auszutricksen. Das bedeutet also ab jetzt ein Leben auf der Flucht vor Günter Meyer. Und die Suche nach der verbrecherischen Claudia. Aber wie? Er kann zwar ihren Körper bis in alle Einzelheiten beschreiben. Da kennt er sie gewissermaßen in- und auswendig. Aber ansonsten weiß er eigentlich gar nichts von ihr. Weder ihren Nachnamen noch, wo sie lebt. Und wahrscheinlich ist der Name "Claudia" auch falsch. Scheiße! Diesmal hat er wirklich ins Klo gegriffen, und zwar ganz tief.

Robert erhält weitere SMS, warum er sich nicht melde, was denn los sei. Als Meyer schließlich anruft, schildert er ihm nun doch noch, wie er beraubt wurde.

"Das geht mich nichts an", sagt Meyer, "wenn Sie am Donnerstag die Kommissionsware nicht bezahlen, bekommen Sie ein Problem, ein sehr ernstes Problem. Glauben Sie mir, ich habe bisher noch jeden gefunden. Und dann Gnade Ihnen Gott!"

Damit ist klar, Robert befindet sich von nun an auf der Flucht.

* * *

Diese Situation zwingt Robert darüber nachzudenken, wie er sein Leben wieder auf eine halbwegs
gesicherte, wirtschaftliche Basis stellen konnte. Das
geht am besten auf ausgedehnten Spaziergängen.
Irgendwann steht er vor einem Geschäft mit dem
Schild "An- und Verkauf - Gold, Uhren, Schmuck -
Pfandleihhaus".

Pfandleihe - der Gedanke bringt Robert auf eine
Idee. Er könnte sich doch gewissermaßen selbstän-
dig machen und die Schmuckstücke selbst besorgen,
überlegt er. Es gibt doch sicherlich genügend Spiel-
süchtige, die ihr Hab und Gut versetzen, um die
Chance ihres Lebens wahrzunehmen. Und das immer wieder aufs Neue. Warum nicht mal ausprobie-
ren? Probieren geht bekanntlich über Studieren.

Allerdings kann Robert nicht mehr so entspannt
seinen Geschäften nachgehen wie bisher. Wenn er
eine Hotellobby oder ein Restaurant betritt, sieht er
sich erst einmal um, ob er nicht Meyer entdeckt oder
jemanden, der möglicherweise in dessen Auftrag
nach ihm sucht. Er wird schon misstrauisch, wenn
ihn ein Fremder zu lange anschaut. Aber er kann
sich ja nicht auf Dauer verstecken, er muss schließlich für seinen Lebensunterhalt sorgen. Und das
geht nicht in einer einsamen Blockhütte oder in der
Anonymität eines Vorstadt-Hochhauses.

Trotz aller Bedenken begibt sich Robert also in bekannte Spielcasinos, zum Beispiel in Baden-Baden, Bad Neuenahr oder Aachen. Erst einmal nur um die Casinogäste zu beobachten, speziell die nervösen, hibbeligen. Darunter auch viele mehr oder weniger elegante Frauen.

Eine von ihnen, eine schick gekleidete Brünette mittleren Alters ohne Ehering, verlässt völlig verzweifelt den Roulette-Tisch, spricht mit dem Geschäftsführer. Der schüttelt den Kopf. Sie versucht es noch einmal, jetzt flehend. Ihre Wimperntusche beginnt zu verlaufen. Ihr Gesprächspartner schüttelt erneut den Kopf und wendet sich ab. Offensichtlich nichts zu machen, kein Kredit mehr.

Robert folgt der Dame, spricht sie mit seinem charmantesten Lächeln im Foyer an: "Ich habe Sie beobachtet. Sie haben heute wohl ein wenig Pech gehabt. Darf ich Sie vielleicht auf einen beruhigenden Drink an der Casino-Bar einladen?"

Sie zögert, lässt sich dann aber doch von seiner Ausstrahlung einfangen: "Ja! Ich könnte jetzt einen Whisky brauchen!"

"Darf ich mich erst einmal vorstellen? Mein Name ist Wantzenau, Robert Wantzenau. Ich bin Juwelier."

"Gertrud von Hattingen, sehr erfreut!"

"Whisky ist eine gute Idee. Ich werde einen 16 Jahre alten Lagavulin nehmen, einen herrlich torfigen Single Malt von der Insel Islay. Was darf ich Ihnen bestellen?"

"Ich sehe gerade einen Aberlour aus Speyside auf der Karte. Ich liebe diese ausgeprägte Sherry-Note!"

"Sie haben einen sehr erlesenen Geschmack, nicht nur was Whisky betrifft. Das sieht man auch an ihrem Schmuck. Ihre Smaragdbrosche ist wirklich ein ausgefallenes Stück, ganz wundervoll!"

"Die hat mir mein verstorbener Mann zur Silbernen Hochzeit geschenkt. Damals, als wir noch viel Geld hatten. Nur ist das jetzt leider alles Vergangenheit. Sagten Sie nicht, Sie seien Juwelier?"

"Das ist richtig. Ich kaufe schöne, ausgefallene Schmuckstücke aus Privatbesitz und verkaufe sie wieder."

"Das ist ja interessant! Ich würde mich nämlich gerne von der Smaragdbrosche trennen. Könnten Sie mir sagen, was diese heutzutage wert ist?"

"Der Markt für gebrauchte Juwelen ist zurzeit etwas schwierig. Aber ich könnte mir so 3.000 Euro vorstellen. Die hätte ich auch in bar dabei." Robert denkt dabei, dass er dieses exklusive Stück sicherlich für mindestens das Dreifache, vielleicht sogar das Vierfache verkaufen könnte.

"Oh, das ist aber sehr wenig! Wenn ich daran denke, dass die Brosche mal über 10.000 Mark gekostet hat. Ich kann mir kaum vorstellen, dass das schöne Schmuckstück nicht mehr bringt. Da müssten Sie schon noch etwas drauflegen!"

„Ja, Frau von Hattingen, ich kann Ihren Einwand verstehen, aber bitte berücksichtigen Sie auch, dass ich das Risiko eingehe, darauf sitzenzubleiben. Und woanders, falls Sie da überhaupt mehr bekämen, müssten Sie sicherlich deutlich länger auf Ihr Geld warten. Aber gut, ich lege noch etwas drauf: 3.500 Euro", erwidert Robert.

Die Beiden werden sich handelseinig und die Brosche wechselt gegen Bargeld den Besitzer. Trotz des niedrigen Erlöses ist Frau von Hattingen zufrieden, dass sie so schnell an Bares gekommen ist. Sichtlich erleichtert entschwindet Frau von Hattingen wieder in Richtung Casino. Endlich kann sie neue Chips kaufen, denn sie glaubt fest daran, dass ihre Glücksphase noch heute auf sie wartet.

Am Abend im Aachener Parkhotel Quellenhof an der Bar gelingt es ihm, für die Brosche 10.000 Euro zu erzielen. Erneuter Besitzwechsel an ein Paar, das gerade eine Glückssträhne am Roulette-Tisch feiert. Der Mann ist offensichtlich in Spendierlaune. Das ist ja noch deutlich lukrativer als der Handel mit Günter Meyers Juwelen, resümiert Robert. Er muss nur ständig auf der Hut sein, vor Meyer und seinen Schergen.

* * *

Die Casino-Masche erweist sich als überaus erfolgreich. Nach nur drei Monaten intensiver Casino-Besuche im In- und Ausland hat sich Robert saniert. Er hat so viel Geld eingenommen, dass er problemlos seine Schulden bei Günter Meyer begleichen könnte. Aber es fehlt ihm der Mut, zu seinem ehemaligen Geschäftspartner Kontakt aufzunehmen und sich zu rechtfertigen, warum er ein Vierteljahr lang abgetaucht ist. Vielleicht hat Meyer inzwischen schon einen Killer auf ihn angesetzt? Außerdem ist er gar nicht so scharf darauf, die in den letzten Monaten sauer verdienten 82.000 Euro wieder herauszurücken. Wahrscheinlich würde Meyer auch noch Wucherzinsen fordern, 8 bis 10 % pro Monat sind in der Branche nicht unüblich.

Also besser stillhalten und hoffen, dass er den Weg von Günter Meyer nicht kreuzt. Da dieser vorwiegend in Deutschland unterwegs ist, erscheint Robert das Ausland sicherer. Und dort gibt es schließlich auch exklusive Spielcasinos, allen voran in Monte Carlo. Das nächste Ziel ist damit klar.

* * *

Eine Woche später, in Monaco angekommen, mietet er sich im weltberühmten Hotel de Paris ein, das direkt gegenüber dem Casino liegt und das seit jeher dem internationalen Jetset als Herberge dient.

Auch hier ist natürlich die Hotelbar das primäre Jagdrevier. Schon aus der Entfernung entdeckt er eine großgewachsene, schlanke Blondine mit langem Haar und aufreizender Kleidung, die ihn geradezu magisch anzieht. Sie dreht sich zur Seite und ihn trifft fast der Schlag: es ist Claudia, auf der Flucht offensichtlich erblondet, aber ganz unverkennbar.

Als sie versucht, mit schnellen Schritten die Bar zu verlassen, packt er sie mit aller Kraft am Arm und zischt: "Kein Aufsehen erregen! Ich denke, wir sollten uns einmal unterhalten, Claudia. Oder wie nennst du dich jetzt? Vielleicht Yvonne oder Tatjana?"

"Bitte, lass es mich dir erklären! Es ist nicht so, wie du denkst. Lass mich los! Du tust mir weh."

"Gehen wir in das Nebenzimmer, da hinter der Tür. Ich hoffe, du hast eine sehr gute Erklärung. Sonst hetze ich dir die Polizei auf den Hals! Aber gut, erkläre es mir!"

"Es tut mir so leid! Ich mag dich wirklich. Und glaub mir, ich wollte dir nicht wehtun, aber ich konnte nicht anders. Sonst bringen die mich um."

"Wer will dich umbringen? Warum soll ich dir das glauben?"

"Dahinter steckt dein Freund Meyer. Er hat mich beauftragt, mich an dich ranzumachen, um ihm die noch vorhandenen Juwelen wiederzubeschaffen, die er dir zum Verkauf überlassen hat. Dann stehst du in seiner Schuld, er kann dich damit unter Druck setzen. Und er kann die Ware nochmal einem anderen Verkäufer geben. So kassiert er doppelt: deine Schulden für die dir gestohlene Ware plus der Warenwert.

Meyer zwingt mich dazu, seit Jahren schon. Ich habe auch einmal für ihn verkauft und habe dabei herausgefunden, dass alles aus Einbrüchen und Raubüberfällen stammt. Damit wollte ich ihn erpressen, aber er hat gedroht, mich umzubringen, wenn ich nicht den Mund halte und für ihn arbeite. Meyer ist ein Verbrecher. Ich habe Angst vor ihm!"

"Hast du noch, was du mir gestohlen hast?"
"Nein, das musste ich sofort abgeben. Meyers Mann für's Grobe, Sergej, überwacht mich. Ich habe mehrfach versucht mich zu verstecken. Er hat mich immer wieder gefunden."

Trotz aller Erfahrungen kann Robert der Anziehungskraft dieser schönen Frau nicht widerstehen. Sie tut ihm fast schon wieder leid, wenn er sich vorstellt, wie sie von Sergej bedroht wird: "Vielleicht können wir ja gemeinsam etwas gegen Meyer unternehmen?"

"Aber was?", entgegnet Claudia. "Wir werden ihm nichts nachweisen können. Und dann steht Aussage gegen Aussage, wenn Meyer uns nicht vorher beseitigen lässt. Außerdem sind wir selbst dran wegen Hehlerei, Steuerhinterziehung usw."

"Meyer muss weg! Und wenn wir ihn nicht hinter Gitter bringen können, müssen wir eben einen nachhaltigeren Weg finden."

Sie kehren zur Hotelbar zurück, genehmigen sich etwas Hochprozentiges. Claudia streicht ihm sanft über den Oberschenkel, lässt ihre langen Finger bis zum Schritt hinauf gleiten. Sie macht Robert nervös. Wie schon damals kann er sich auch jetzt der körperlichen Reaktion nicht erwehren, des Begehrens, das ihre physische Nähe bei ihm auslöst. Am liebsten würde er ihr an Ort und Stelle die Kleider vom Leib reißen, was natürlich nicht geht, wie er sich selbst zur Raison mahnt - schade! Sehr schade sogar! Aber spätestens seit dem dritten Drink weiß er, dass sie ihn ins Bett und in ihr Boot kriegen wird, wenn sie das will. Und es sieht ganz so aus, dass sie einen sehr starken Willen hat. Und eine unwiderstehliche Überzeugungskraft.

Nach einer leidenschaftlichen Nacht sitzen beide beim opulenten Frühstück im Hotel de Paris und beginnen, mit leiser Stimme Pläne zu schmieden.

"Ich könnte mich mit Meyer verabreden, um meine Schulden zu begleichen" sagt Robert, "am besten ganz früh morgens auf einem einsamen Aussichtspunkt an der Küstenstraße und ihn dann den Felsen herunterstürzen. Du überraschst ihn, er ist abgelenkt und ich gebe ihm einen Stoß."

"Und wenn er nicht selbst kommt? Oder nicht allein? Oder zu stark für dich ist? Oder uns jemand sieht?"

"Dann brechen wir die Aktion ab und warten auf eine neue Gelegenheit. Aber ich kenne da einen etwas abgelegenen Aussichtspunkt an der Haute Corniche kurz vor Èze, wo ich ihn ungesehen umbringen kann. Dort werde ich mich mit Meyer morgens um 5 Uhr zur Geldübergabe verabreden."

* * *

Robert steht mit Meyer am Rand des Aussichtspunkts, von wo es sofort steil in die Tiefe geht, und wartet darauf, dass Claudia ihn ablenkt, damit er ihm den tödlichen Stoß versetzen kann.

"Robert!", flüstert die Stimme von hinten. Er dreht sich um und schaut in den Lauf einer Beretta, die auf seine Stirn gerichtet ist. Seine weit aufgerissenen Augen spiegeln eine Mischung aus Erstaunen und Entsetzen. "Plopp", macht der Schalldämpfer und mit einem kreisrunden Loch knapp über der Nase stürzt Robert Wantzenau über die Kante, bevor sein Körper binnen Sekunden von den Felsen zerschmettert wird.

"Robert war wirklich toll im Bett. Aber er wurde langsam lästig", sagt sie, als sie zu Meyer ins Auto steigt.

Müllionär

Seit 16 Jahren entleerte Eugen Sawatzki die Mülltonnen der Stadt. Woche für Woche dieselbe Route
durch die noblen, westlichen Vororte - Luxusmüll.
Bereits vor einigen Jahren hatte Eugen begonnen,
sich für den Inhalt der Tonnen zu interessieren und
so manches Schätzchen herausgefischt, das sich auf
Ebay noch für gutes Geld verkaufen ließ.

Erstaunlich, was die feinen Leute so alles weg-
warfen: fast neuwertiges Spielzeug, intakte Elektro
geräte, deren Design offenbar nicht mehr gefiel,
Kosmetika und Duftwässerchen, die der Beschenk-
ten vielleicht nicht gefallen hatten, Kleidung, die
noch nie getragen worden war. Hin und wieder
fand sich sogar ein Schmuckstück, das wohl eher
versehentlich in den Abfall geraten war und
manchmal sogar Bares. Einmal war ein Umschlag
mit 600 Euro dabei gewesen. Zum Fundbüro hatte
Eugen ein eher gespaltenes Verhältnis - das bisschen
Finderlohn, wenn sich denn der Eigentümer überhaupt meldete. Da war er doch mehr für eine diskre-
tere Form des direkten Eigentümerwechsels.

Mit den Fundsachen trieb seine Frau Svetlana
mittlerweile einen regelmäßigen Handel mittels
Ebay-Kleinanzeigen, was jeden Monat ein Zubrot
von mehreren Hundert Euro einbrachte. Davon gingen zwar zwei Fünfziger ab für die beiden Mitarbei-

ter der Deponie, die wegschauten, wenn Eugen den Müll durchforstete. Aber immerhin lohnte sich, was übrig blieb.

Ihm kam damals zugute, dass die Müllwagen alle auf Einmannbetrieb umgestellt wurden. Was viele seiner Kollegen den Job kostete, war für ihn der Beginn einer wunderbaren Geldvermehrung. Statt der altbewährten Dreimannteams gab es nur noch den Fahrer, der mittels eines Greifarmes die Abfallbehälter entleerte. Praktisch war, dass sich der Druck der Müllpresse verringern ließ, womit er verhindern konnte, dass alles völlig zerquetscht wurde. Er entsorgte dadurch zwar etwas weniger Müll als seine Kollegen, doch das fiel nicht weiter auf. Auf der Deponie kontrollierte er dann mit einer Heugabel das Mitgebrachte, ob sich nicht etwas Verwertbares fand, was übrigens regelmäßig der Fall war.

* * *

Eines Tages fand Eugen zwei Hälften eines hellblauen Briefumschlags, der sicherlich von einer Frau stammte und ihn neugierig machte. In dem Brief beteuerte eine gewisse Gaby ihrem Liebhaber ihre ewige Liebe und sorgte sich darum, dass ihr Ehemann hinter das Verhältnis kommen könnte. Das war doch endlich einmal etwas, woraus man etwas machen könnte, ging es Eugen durch den Kopf. Eine Information, die vermutlich zwei Menschen durchaus Geld wert war. Man müsste einfach mal ganz höflich nachfragen.

Wie sich herausstellte, gehörte die Adresse auf dem Umschlag zu einem Einfamilienhaus, in dessen Einfahrt vormittags ein Kleinwagen parkte. Vermutlich eine Hausfrau mit Tagesfreizeit, die den Briefkasten leerte, bevor ihr Mann nachhause kam. Also könnte er in diesen Briefkasten auch einen ganz persönlichen und selbstverständlich höflich formulierten Brief an die Dame des Hauses einwerfen.

Mit dem Computer schrieb er nun seine freundliche Bitte um Schweigegeld. Briefpapier und Umschlag hatte er nur mit Einmalhandschuhen angefasst. "Wenn Sie möchten, dass ihr Verhältnis unter uns bleibt, stecken Sie 1000 Euro in gebrauchten, kleinen Scheinen in einem Umschlag am kommenden Dienstag früh seitlich in ihre Mülltonne. Ein Freund, der es gut mit Ihnen meint".

Und tatsächlich fand Eugen den Umschlag mit dem Geld am genannten Ort vor. So einfach war das! Er durfte jetzt nur nicht zu gierig werden und sich mit einer weiteren Forderung in Gefahr bringen.

Lieber nach einem weiteren Opfer Ausschau halten! Er müsste sich den Inhalt der Abfalltonnen nur etwas gründlicher ansehen, gewissermaßen den allwissenden Müll. Wenn er etwas Interessantes

finden würde, würde er sich ein wenig näher mit
den Lebensumständen des Opfers befassen.

* * *

Manchmal genügte schon ein einfacher Bluff, um
seine "Klienten", wie er sie im Stillen gerne nannte,
zahlungsfreudig zu stimmen. Als er einmal eine
Rechnung über eine Schließfachmiete bei einer ausländischen Bank im Abfall fand, schrieb er nur: "Ich
weiß, was Sie in ihrem Schließfach Nr. 346 bei der
Banque Luxembourgeoise aufbewahren. Wenn das
unter uns bleiben soll, zahlen Sie bis zum 30. Juni
4.578,00 Euro auf das Konto von Beat Hugenwiler
bei der UBS in Bern. Ein Freund, der es gut mit
Ihnen meint". Und siehe da, das Geld kam. Übrigens
liebte Eugen krumme Zahlen, da sie nicht so auffie-
len

Ein andermal fand Eugen in den Abfällen einer
luxuriösen Villa die Gebrauchsanleitung für eine
automatische Pistole des Schwarzwälder Herstellers
Heckler & Koch in den Sprachen italienisch, spanisch und portugiesisch. Offenbar hatte der Besitzer
nur die Anleitung in deutscher Sprache behalten.
Aber ob er die Waffe auch legal erworben hatte mit
Waffenschein, bzw. Besitzkarte? Da wollte er doch
mal ganz höflich bei dem Villenbewohner nachfragen. Die Nachfrage brachte Eugen 5.000 Euro ein.

Dank eines handschriftlichen Beleges über fünfstellige Renovierungskosten, den er zerknüllt in der Tonne eines Einfamilienhauses fand, konnte er sogar gleichzeitig vom Handwerker und vom Auftraggeber jeweils eine stattliche Summe "erbitten". Wie so oft half dabei ein wenig Fantasie. Man musste nur ganz dreist behaupten, etwas zu wissen und beweisen zu können, um das schlechte Gewissen des Delinquenten zu einer gewissen Großzügigkeit gegenüber Eugen zu veranlassen.

Manchmal waren es auch Pillenschachteln oder Apothekenquittungen, die - Google sei Dank - nahelegten, dass der Patient gar nicht mehr Autofahren oder seiner Berufstätigkeit nachgehen dürfte. So verdiente sich Eugen zielstrebig, fleißig und fantasiebegabt immer mehr Schweigegeld, das er in bar oder durch Überweisung auf eines seiner Auslandskonten einkassierte.

Auch Drogenbesteck fand sich hin und wieder in den Mülltonnen der Villengegend, das oft recht einfach einem Jugendlichen zuzuordnen war, worauf die Eltern sich meist zu einer großzügigen Spende an Eugen bereitfanden, bevor diese Information in falsche Hände geriet.

* * *

Eugens Bargeldbestände und Kontostände wuchsen kontinuierlich. Seine Schweigegeld-Forderungen waren niemals so unmäßig, als dass sie erhebliche Gegenwehr oder sonstige Maßnahmen provozierten, die immer das Risiko bargen, aufzufliegen. Eugen blieb stets achtsam.

Da Eugen schon seit seiner Jugend gerne Krimis las oder schaute, wusste er sich schlau zu machen, wie man Geld ins Ausland transferierte. Er hatte mehrere Bankkonten unter verschiedenen Namen eröffnet: In Polen, der Schweiz, den Bahamas und den Cayman Inseln. Wenn nun eines seiner Opfer das Erpressungsgeld auf das polnische Konto eines Jerczy Dombrowsky überwies, wurde das Geld automatisch weitergeleitet auf das Berner Konto von Beat Hugenwiler, von dort auf das Nassauer Konto des ebenfalls fiktiven Diego Velazquez und schließlich auf das finale Offshore-Konto auf den Caymans. Allerdings variierten die Beträge immer ein wenig, um die Weiterleitung nicht zu offensichtlich werden zu lassen.

Natürlich konnte Eugen nach Belieben von jedem dieser Konten Überweisungen tätigen. Das Internet machte es möglich, ohne leicht zu entdeckende Spuren zu hinterlassen. Aus 2.000 wurden mal 1856,20 oder auch 2.150,00 Euro, aus 20.000 mal 17.000 oder auch 22.498,67 Euro.

Allmählich näherte sich Eugen Sawitzkis Vermögen der ersehnten Million. Das war ja fast wie bei Dagobert Duck, der gerne in einem Pool voller

Goldmünzen badete. Um nicht aufzufallen, hatte er stets darauf geachtet, vor Ort nicht zu viel Geld auszugeben. Niemand sollte sich fragen können, woher denn das Geld für das neue Auto, schicke Klamotten oder ähnliches herkam.

Svetlana und er leisteten sich allerdings ein paar schöne, exotische Urlaube, die er von einem Auslandskonto bezahlte. Die Nachbarn ließen sie so im Glauben, sie machten mal wieder drei Wochen Billigurlaub in Hurghada oder bei Freunden auf dem Campingplatz. Eugen hatte die Absicht, so früh wie möglich in Rente zu gehen und sich ein nettes Plätzchen an der Sonne zu suchen. Mit allem Komfort, versteht sich.

* * *

Eines Tages fand Eugen in seinem eigenen Briefkasten einen neutralen Briefumschlag ohne Absender. Als er ihn öffnete, wurde er blass. Auf einem Blatt stand folgende Botschaft: "Wir beobachten dich seit Jahren und wissen von deinen Nebenverdiensten. Nun wird es Zeit, uns daran zu beteiligen. Zahle bis Ende kommender Woche 500.000 SFR auf das Konto Nr. 5678123409 von Urs Flückiger bei der UBS in Basel. Ansonsten wirst du die nächsten 10 Jahre hinter Gittern verbringen!" Beigefügt waren die Fotokopien eines Kontoauszugs über 923.843,56 USD von einer Bank auf den Cayman-Inseln sowie eines seiner Erpresserbriefe von vor drei Jahren.

Vorpommern

Sabine und Jens, ein Ehepaar aus Wiesbaden, kaufen ein heruntergekommenes Gutshaus in Mecklenburg-Vorpommern und restaurieren es in jahrelanger Eigenarbeit, um sich ihren Lebenstraum zu verwirklichen. Sie raffen ihr letztes Geld zusammen, verschulden sich, pumpen Freunde an mit der Idee "Crowdfunding": die Investoren erhalten Urlaubsrechte in "ihrem Gutshaus". Es gibt auch ein paar Freunde, die sich an dem Projekt mit kleinen Beträgen beteiligen.

* * *

Um das Projekt nun endlich fertigzustellen, gibt sie ihren Job als Lehrerin auf, ein Gehalt weniger. Da verliert er seinen Job als Agraringenieur, weil seine Firma von einem ausländischen Konzern aufgekauft wird. Mit 49 Jahren ist er überflüssig und für den Arbeitsmarkt mittlerweile zu teuer. Die jüngeren Mitbewerber haben mehr Biss und kosten gerade mal die Hälfte. Bei der sich rasant entwickelnden Technologie ist seine Erfahrung auch nichts mehr wert. Auf seine Bewerbungen folgen keine Einladungen zu Vorstellungsgesprächen, nur Absagen, wenn überhaupt eine Reaktion kommt. Aus die Maus.

Seine Abfindung fließt in das Gutshausprojekt und ist nach zwei Jahren verbraucht. Da sie beide nicht mehr über ein laufendes Einkommen verfügen, können sie die Schulden nicht zurückzahlen. Die Kredite wurden noch zu relativ hohen Zinsen aufgenommen. Sie bemühen sich um eine Umschuldung. Die laufenden Rechnungen erdrücken sie. Mahnungen flattern ins Haus. Der Gerichtsvollzieher steht wiederholt vor der Tür. Alle Sicherheiten sind verpfändet. Selbst vom Gutshof gehört ihnen nicht einmal mehr ein Wasserhahn.

Sie sind verzweifelt, reden mit alten Freunden, die sie mit ihrem Projekt für verrückt erklären, und folgerichtig auch nicht mehr bereit sind, den Beiden unter die Arme zu greifen. Zumal sie sich nach so vielen Jahren fern der Heimat auch von ihren alten Freunden, teils aus Kindertagen, entfremdet haben. Neue Freunde haben sie nicht gefunden. Die alteingesessenen Ossis begegnen ihnen immer noch mit Argwohn und machen ihnen an jeder Ecke das Leben schwer.

* * *

Notgedrungen planen sie den unvermeidlichen Schritt, ihre Pleite und das Scheitern ihres Lebenstraums anzuerkennen. Sie versuchen ihr Gutshaus zu verkaufen, in das sie ihr gesamtes Geld und jahrelange Arbeit gesteckt haben. Aber niemand will das Gutshaus kaufen, das zwar wunderschön, aber völlig abgelegen ist: in the middle of nowhere. Und es gibt allein in MeckPomm noch Hunderte weiterer Herrenhäuser, von denen viele seit geraumer Zeit vergeblich zum Verkauf angeboten werden. Oft haben die Besitzer ähnliche Desaster erlebt oder möchten sich aus Altersgründen zurückziehen und müssen erfahren, dass die eigenen Kinder keinesfalls ein solches Fass ohne Boden fernab jeglicher Zivilisation übernehmen wollen. Nacheinander beauftragen sie verschiedene Makler, leider ohne Erfolg.

In Anbetracht der prekären Situation gerät das Paar immer öfter in Streit. Gegenseitige Schuldzuweisungen gehören mittlerweile zum Alltag. Das Scheitern des gemeinsamen Traums hat auch ihre Liebe scheitern lassen. Immer häufiger fährt Jens nach Rostock, betrinkt sich in Bars und kommt oft erst am nächsten Nachmittag nachhause. Bei einer dieser Touren lernt er eine Frau kennen, der er sein Herz ausschüttet. Sie weiß eine Lösung für seine Probleme und vermittelt ihm einen Kontakt zu einem Ukrainer, der ihm einen Job anbietet, mit dem er alle seine Schulden in Kürze abzahlen könne. Jens müsse sich nur um die Überführung von Autos aus Kiew nach Deutschland kümmern. Obwohl ihm bewusst ist, dass er sich in illegale Geschäfte verstricken wird, nimmt er in letzter Verzweiflung das Angebot an.

* * *

Ein paar Tage später. Das Handy von Jens klingelt, es meldet sich eine Stimme mit starkem osteuropäischem Akzent: "Wir erwarten Sie am Dienstag nächster Woche in Kiew. Ticket und alles Weitere erhalten Sie mit Post." Aufgelegt, das war's. Jens bemüht sich, den Postboten abzufangen, bevor seine Frau die Tagespost in Empfang nehmen kann. Zwei Tage später erhält er einen neutralen Umschlag ohne Absender, frankiert in Deutschland mit dem Aufdruck "Briefzentrum". Keine Ahnung, wo der Absender sitzt. Es enthält nur ein Blatt gewöhnliches Druckerpapier mit Datum und Uhrzeit, einer Adresse in Kiew, einer e-Ticketnummer und 100 € in bar.

Sabine soll nicht erfahren, mit wem er sich einlässt. Das Vertrauensverhältnis ist ohnehin schon gestört. Er sagt ihr nur, er führe einen alten Freund aus der Schulzeit besuchen, der jetzt in Bamberg lebt. Spätestens am Freitag sei er wieder zurück. Er wolle mit der Bahn fahren, ob Sabine ihn zum Bahnhof nach Rostock bringen könne - selbstverständlich.

Er nimmt den Zug nach Berlin, allerdings um von Schönefeld aus in die ukrainische Hauptstadt zu fliegen. Das Taxi bringt ihn zu der Adresse des Treffpunkts in einem Gewerbegebiet am Stadtrand von Kiew. An dem unscheinbaren Gebäude steht auf einem billigen Schild 'Autexport', natürlich in kyrillischer Schrift. Auf dem Hof stehen mehrere

Luxuskarossen, Porsche Cayenne, AMG Mercedes und große SUV von Audi und BMW. Alle in schwarz oder weiß, mit armdicken Auspuffrohren, monströsen Rädern und dunkel getönten Scheiben.

Trotz seines eleganten grauen Anzugs mit weißem Hemd und dezenter Krawatte macht Pjotr einen vierschrötigen und verschlagenen Eindruck. Schwein bleibt Schwein, denkt Jens, auch wenn man es in einen Anzug steckt. Ein Umschlag wechselt den Besitzer, in dem Jens 1.000 Euro in 50er-Scheinen, die echt erscheinenden Fahrzeugpapiere und eine Adresse am Stadtrand von Berlin findet. Plus ein weiterer Umschlag mit Hrywnja und Zloty in bar für die Spesen. Dazu den Hinweis, dass er das restliche Honorar bei Ablieferung des Audi A8 RS erhält. Pjotr zeigt ihm das Auto und drückt ihm einen Autoschlüssel in die Hand mit den Worten: "Dawai, dawai!" Er soll zusehen, dass schleunigst vom Hof komme.

Der Audi hat Power ohne Ende, fährt sich aber dennoch unglaublich komfortabel. Irgendwelche Schäden oder sonstige Auffälligkeiten kann Jens nicht entdecken. Ein gut kaschierter Unfallschaden? Doppelt so hohe Laufleistung wie angegeben?
Irgendetwas muss schließlich an diesem Fahrzeug die 2.000 Euro Überführungshonorar wert sein. Knapp 1.400 km liegen vor ihm, also gut 15 Stunden Fahrzeit plus zwei oder drei Pausen. Außerdem hat Jens keine Ahnung, wie viel Zeit ihn die Grenzkon-

trollen kosten werden. Jedenfalls sind 2.000 Euro kein schlechter Verdienst für 2 Tage. Und er braucht das Geld! Dringend sogar!

Eigentlich ist es ganz einfach. Zwei Grenzen: rein nach Polen und raus aus Polen. Ein wenig komisch ist ihm aber schon zumute. Man weiß ja nie. Die Fahrt verläuft einwandfrei. Die Grenzer möchten beide Male nur seinen Ausweis sehen. Aber Jens macht ja auch einen seriösen Eindruck in seinem edlen Wildlederblouson, ganz so, als würde ihm der Audi gehören. Kleider machen eben Leute.

In Berlin angekommen findet er dank des Navigationssystems das Ziel sofort. Es war übrigens die einzige Adresse, die bereits eingegeben war. Ansonsten war das Navi wohl auf null zurückgesetzt worden. Das Ziel ist ein eingezäunter Kiesplatz mit einem Bürocontainer und dem schlichten Schild: "Automobile - An- und Verkauf - I. Kravchenko". Ein wortkarger Mann, vielleicht Mitte vierzig und ganz offensichtlich osteuropäischer Herkunft, begutachtet den Audi von außen und innen, murmelt etwas in seinen nicht vorhandenen Bart, das durchaus so etwas wie "okay" bedeuten könnte, und händigt Jens einen Umschlag aus. Er zählt nach. Stimmt, die zugesagten zweiten 1.000 Euro. Das war wirklich leicht verdientes Geld.

Am nächsten Tag googelt Jens einmal "seinen" Audi A8 und, siehe da, er ist bereits auf dem größten Kfz-Portal inseriert. Unfallfrei, aus 2. Hand, von privat, steht da, sogar die angegebene Laufleistung passt zu dem von ihm abgelesenen km-Stand. Und der VB-Preis erscheint dem durchaus angemessen. Lediglich das "privat" erscheint ein wenig dubios angesichts des Kiesplatz-Händlers. Aber vielleicht verkauft der ja im Kundenauftrag. Was macht also den Wert dieses Autos aus, das das Honorar für Jens ausmacht? Es bleibt ein Rätsel.

In ähnlicher Form vollziehen sich auch die nächsten Jobs: Auto überführen, 2.000 Euro kassieren. Mittlerweile kommt er auf einen, manchmal zwei solcher Aufträge pro Woche. Die Kasse füllt sich langsam wieder, so dass er damit beginnt, die Schulden langsam abzutragen. Doch der Weg ist noch weit und bestimmt auch steinig, fürchtet Jens insgeheim.

Seiner Frau erklärt Jens, dass er unterwegs sei, um sich um einen rettenden Job zu bewerben. Sie glaubt ihm das zwar nicht wirklich, will aber auch nicht hinter ihm her spionieren, um der Ehe nicht auch noch den Todesstoß zu versetzen. Zumindest lügt sie sich das selbst so vor. Irgendwie hat sie Angst davor, eine schlimme Wahrheit zu erfahren.

* * *

Jens ist mal wieder in der Ukraine. Diesmal ist es ein Porsche Cayenne Turbo S, das neue Modell, für das Jens in Kiew Papiere und Schlüssel erhält, um sich auf die 1.400 km-Strecke nach Berlin zu machen. Es ist inzwischen seine 31. Überführung. Doch diesmal läuft alles anders.

Am ukrainisch-polnischen Grenzübergang wird er aus der Schlange der wartenden Fahrzeuge heraus gewunken, muss aussteigen und in die Zollstation mitkommen. Zwei bewaffnete Grenzschutzbeamte begleiten ihn, einer links, einer rechts. Man bedeutet ihm, sich zu setzen, es würde wohl heute ein wenig länger dauern. Jens sieht, wie zwei Zöllner den Porsche sehr gründlich untersuchen. Ein Hundeführer ist mit seinem Schäferhund hinzugekommen, der beschnüffelt das ganze Auto, klettert auf die Sitze, dreht sich um die eigene Achse. Im Kofferraum schlägt er an, will seine Nase vom Ersatzrad gar nicht abwenden. Die Zollbeamten bauen das Ersatzrad aus, verschwinden damit in einer kleinen Halle, Zeit vergeht. Ein sehr gut deutsch sprechender Beamter in Zivil betritt das Büro und legt mehrere weiße Beutel vor Jens auf den Tisch. "Das sind 4 Kilogramm Heroin, die wir in ihrem Ersatzreifen gefunden haben. Was sagen Sie dazu?" Jens fällt aus allen Wolken, aber eigentlich hat er damit gerechnet, dass irgendwann etwas passiert. Sofort ist ihm klar, dass er in den vergangenen Monaten mindestens 100 Kilo Rauschgift erster Güte geschmuggelt hat. Im Verhältnis zum Drogenwert von über 4 Millionen waren seine 60.000 Euro Honorar geradezu ein Witz, noch nicht einmal 2 %.

Jens bestreitet natürlich, von dem Heroin überhaupt gewusst zu haben. Er habe lediglich wiederholt exklusive Gebrauchtwagen überführt und von Drogengeschäften nichts geahnt. Er hat nun die Gelegenheit, ein ukrainisches Untersuchungsgefängnis von innen kennenzulernen, gewissermaßen All-Inclusive-Urlaub auf Staatskosten. Der Komfort lässt ein wenig zu wünschen übrig, die Mithäftlinge könnte man sehr wohlwollend als unfreundlich bezeichnen, die hygienischen Verhältnisse sind in etwa so wie das Essen: grottig. Doch Jens verliert nicht den Mut. Zum einen war er tatsächlich nicht in die Drogengeschäfte eingeweiht, zum Zweiten hatte er bisher immer eine blütenweiße Weste vorweisen können und zum Dritten kooperiert er mit den Behörden so gut er kann. Selbstverständlich hat er den Beamten sofort bereitwillig alle ihm bekannten Informationen über seine Kontaktadressen und den Ablauf seiner Jobs mitgeteilt. Also könnte man ihm eigentlich höchstens Steuerhinterziehung bei der Vereinnahmung von Schwarzgeld vorwerfen, aber wenn er diese "Einnahmen aus freiberuflicher Tätigkeit" in der nächsten Steuererklärung angäbe, sollte doch auch dieser Vorwurf ins Leere gehen, oder?

Die ukrainische Polizei findet in Kiew nur einen Autohändler vor, dem man nichts nachweisen kann, außer der Tatsache, dass der für den Drogentransport benutzte Porsche Cayenne ein Gebrauchtwagen aus seinem Angebot stammt. Das Fahrzeug sei wohl von Kriminellen für eine Kurierfahrt missbraucht worden.

Die Berliner Polizei findet nur einen umzäunten, aber leeren Kiesplatz vor. Keine Autos, kein Bürocontainer, kein Firmenschild, kein Pjotr, einfach nichts. Es gibt auch keine Gewerbeanmeldung. Die Nachbarn im Gewerbegebiet berichten, dass der Autohandel ganz plötzlich über Nacht verschwunden sei. Genauso, wie er vor einem halben Jahr auf dem leeren Grundstück auf einmal da gewesen sei.

Wie Jens erfährt, waren die häufigen Flüge von Berlin nach Kiew aufgefallen, weshalb man ihn in den letzten Wochen beobachtet hatte. Allerdings war es den ukrainischen Ermittlern bisher nicht gelungen, ihm eine bewusste Beteiligung an den Drogendeals nachzuweisen. So wird er nach drei Wochen Untersuchungshaft an die deutschen Behörden überstellt, die auch nichts anderes tun können, als ihn laufen zu lassen.

Die 4 Kilogramm Heroin mit einem Marktwert von fast 200.000 Euro lagern mehrere Monate lang in der Asservatenkammer der ukrainischen Zollbehörden. Doch eines Tages sind sie ganz einfach verschwunden. Und niemand vermisst sie ...

Das Versprechen

Das Tor zur Tiefgarage des modernen Büroge-
bäudes am Stadtrand von München öffnet sich
elektrisch. Dr. Daniel Gernhuber hat die Fernbedie-
nungstaste am Innenspiegel des luxuriösen 5er
BMW gedrückt, so wie jeden Morgen gegen 8:30
Uhr, wenn er sich nicht gerade auf Reisen befindet.
Und das passiert häufig, schließlich ist er Geschäftsführer der deutschen Vertriebsgesellschaft eines
französischen Unternehmens, das Glasfaserkabel
herstellt.

Er fährt mit dem Fahrstuhl in die sechste Etage,
wo sich das Büro der Vitrofil Deutschland GmbH
befindet. Aus den großen Fenstern der Glasfassade
hat man einen herrlichen Blick auf die Umgebung,
ländlich zu einer Seite und in der Ferne die Türme
der Frauenkirche auf der anderen. "Guten Morgen,
Frau Obermaier! Schon wieder fleißig?" "Guten
Morgen, Chef! Ja, ist das nicht ein herrlicher Früh-
lingstag? Der Termin bei Klingeler ist übrigens bestätigt", antwortet die attraktive Mittfünfzigerin. Sie
ist gewissermaßen die 'Mutter der Kompanie', wenn
der Chef nicht da ist. Die meisten seiner, oft langjährigen acht Mitarbeiter sind bereits an ihren Arbeits-
plätzen. Nicht nur die Gleitzeitregelung trägt zur
entspannten Atmosphäre in der Firma bei, sondern
die gesamte Atmosphäre in dem gediegen eingerich-
teten Büro. Es herrscht ein freundlicher, vertrauens-

voller Umgang miteinander. Der Chef weiß, dass er sich auf sein Team verlassen kann und honoriert das auch entsprechend. Es gibt kaum Fluktuation in der Firma.

* * *

Daniel Gernhuber hat Verfahrenstechnik an der TU in Aachen studiert, dort seinen Dr.-Ing. gemacht und anschließend seinen ersten Job als Assistent der Geschäftsleitung bei einem international tätigen Automobilzulieferer angetreten. Nach nur vier Jahren übernahm er die Vertriebsleitung bei einem mittelständischen Robotik-Hersteller und vor mittlerweile vierzehn Jahren den aktuellen Job. Als Spezialist hat er sich branchenweit Anerkennung erworben und Wertschätzung bei seinen Geschäftspartnern. Der geschäftliche Erfolg seiner Arbeit hat seine Bezüge stetig steigen lassen, insbesondere die sechsstellige Tantieme. So war es ein Leichtes, das großzügige Haus in Herrsching vor den Toren Münchens nach eigenen Vorstellungen zu bauen und zu finanzieren.

Recht spät erst hat Daniel geheiratet. Er war schon 34, als ihm die große Liebe seines Lebens begegnete. Oder wenigstens das, was er damals dafür hielt. Clarissa war schön, intelligent, gerade mit dem Architekturstudium fertig - und neun Jahre jünger. Vor zwölf Jahren kam Töchterchen Emily zur Welt, ein aufgewecktes und neugieriges Kind, das sich gerade im ersten Jahr auf dem Gymnasium mit hervorragenden Noten bewährt hat.

Leider haben die vielen Geschäftsreisen das Paar einander ein wenig entfremdet. Nachdem Clarissas Vorwürfe nichts bewirkt hatten, entwickelte sie eine gewisse Neigung zu einem Kollegen aus dem renommierten Münchner Architekturbüro, was an jedem Wochenende zu stundenlangen Debatten führt. "Du bist ja nie da, wenn ich dich mal brauche! Wundert es dich da, dass ich mir eigene Freunde suche? Solche, die auch mal Zeit für mich haben?" Daniel kann dem wenig entgegensetzen. Die Ehe steht mittlerweile auf recht wackeligen Füßen.

* * *

Wenigstens macht ihm die Arbeit immer noch viel Spaß. Er genießt die internationalen Treffen mit seinen Kollegen aus neun Ländern, die regelmäßig am Firmensitz der Vitrofil S.A. in Saint-Cyriel-sur-Marne stattfinden. Besonders am Rande der Meetings spricht man abwechselnd miteinander in mehreren Sprachen, was Daniel besonders liebt. Er spricht fließend Englisch, Französisch und Spanisch, dazu noch ein wenig Italienisch. Hier kommen ihm die Auslandspraktika während des Studiums und das Semester in Harvard zugute.

Vor fünf Jahren wurde das Unternehmen vom irischen Konzern Fibertech Systems übernommen.

Man beließ den Franzosen die gewohnte Freiheit. Dass nun auch noch Meetings in Dublin hinzukamen, war für Daniel eher eine positive Veränderung. Man spürte die Dynamik, die 'Mister Fibertech', Brian O'Connor, ausstrahlte. Er war zwar gefürchtet, aber auch eine Ikone, eine wahre Unternehmerpersönlichkeit, die das Unternehmen mit Visionen und ungeheurer Energie aus einer mittelständischen Firma in der irischen Provinz zu einem internationalen Konzern entwickelte. Plötzlich war Geld für Investitionen da und die Ziele wurden höher gesteckt. Es machte Spaß, diese Entwicklung mit voranzutreiben.

* * *

Allerdings verändert sich der Markt inzwischen rasant. Die Notwendigkeit globaler, strategischer Allianzen sorgt für ein zunehmend frostiges Klima in der Branche. Fibertech Systems kauft immer mehr kleinere Unternehmen in verschiedenen Ländern und Kontinenten auf. Die weltweite Mitarbeiterzahl des Konzerns hat inzwischen die Zahl von 34.000 überschritten. Die Identifikation der Mitarbeiter mit dem Unternehmen ist allerdings nicht mehr dieselbe wie zuvor.

* * *

Eines Tages kommt ganz unerwartet die Meldung, der Patriarch des familiengeführten Konzerns habe einen schweren Schlaganfall erlitten. Daniel ruft Delacroix an, ob der Näheres weiß: "Nein, ich habe auch keine Information, wie es weitergehen wird. Die Ärzte sagen, dass der Schlaganfall wohl ganz erhebliche, bleibende Schäden hinterlassen wird. Ich gehe davon aus, dass Brian O'Connor nicht wieder an den Schreibtisch zurückkehren wird." "Wer könnte denn die Leitung des Konzerns übernehmen? Ist einer der Söhne schon so weit?" "Nein, beide studieren noch. Bis die so weit sind, werden noch zehn Jahre vergehen. Zunächst einmal wird sein alter Weggefährte, Vice President Shawn Cullough, die Geschäfte kommissarisch als CEO leiten, aber der ist auch schon 72 Jahre alt." "Also kann man wohl nicht ausschließen, dass die Familie verkaufen wird."

Und so kommt es auch. Die Familie verkauft 72 % des Unternehmens an die McDouglas Capital Group in Boston. Die Priorität liegt jetzt bei 'shareholder value' ohne jede Rücksicht auf Mitarbeiter und Moral. Es geht nur noch darum, den Kapitalgebern gigantische Profite zu verschaffen. Wer bleiben will, muss jetzt seine Seele verkaufen. Der Wind beginnt, sich zu drehen.

* * *

Auf dem deutschen Markt wird die Situation jetzt unhaltbar. Durch die Zukäufe der letzten Jahre besuchen jetzt drei Vertriebsorganisationen parallel dieselben Kunden und konkurrieren miteinander. Dass dies ein Ende haben muss, ist zu erwarten. Aber welche der drei Vertriebsgesellschaften wird überleben? Und welcher der drei Geschäftsführer wird dann den Hut aufhaben? Der Wettkampf beginnt.

Bei einem Abendessen zuhause in Herrsching teilt Daniel seine Gedanken mit Ehefrau Clarissa: "Ich werde natürlich darum kämpfen, den Zuschlag zu erhalten. Aber trotzdem frage ich mich, wie es weitergehen soll, wenn es nicht klappt. Dann muss ich mir etwas anderes suchen und ob ich einen adäquaten Job in München finde, ist fraglich." "Vergiss nicht Daniel, du hast eine Verantwortung Emily und mir gegenüber. Ich bin sicherlich nicht bereit, irgendwohin in die Provinz mitzugehen und mein Haus und meine Stelle im Architekturbüro aufzugeben. Also streng dich mal ein bisschen an!"

Gegen Daniel treten an: John Neumeier, der ebenfalls erfolgreiche deutsch-englische Vertriebsleiter der Schwesterfirma Kabel & Strom GmbH in Herzogenaurach und Hermann Müller von der RTK Kommunikationstechnik GmbH & Co. KG im sauerländischen Brilon, beides produzierende Betriebe. Während Neumeier sich dem fairen Wettbewerb unter Kollegen stellt, sieht der 62jährige Müller seine Felle davon schwimmen und versucht, die beiden anderen durch Intrigen und Lügen zu diskreditieren.

Gegenüber seinen Mitbewerbern hat Daniel anzubieten: 1. anhaltenden Erfolg 2. langjährige Erfahrung und Firmentreue 3. beste persönliche Beziehungen zum französischen Firmenchef, Francis Delacroix, dem Chef von Vitrofil. Er bemüht sich um einen Gesprächstermin in Saint-Cyriel: "Frau Obermaier, machen Sie mir mal einen Termin bei Delacroix, möglichst noch diese Woche!" Und zu seiner Ehefrau Clarissa: "Ich bin mal zwei Tage weg zu Vitrofil, werde schauen, inwieweit mich Delacroix unterstützen kann. Drück mir die Daumen!"

Das Gespräch mit dem Président Directeur Général findet im Sternerestaurant 'Chez Pierrot' im nahegelegenen Épernay in freundschaftlicher Atmosphäre statt. Delacroix versichert ihm: "Es ist auch in meinem Sinne, wenn das Münchner Büro den gesamten Deutschland-Vertrieb für alle deutschen Betriebe übernimmt und du Geschäftsführer bleibst. Ich werde mich bei der Konzernleitung dafür einsetzen. Wir wollen ja schließlich nicht die Kontrolle verlieren, n'est-ce pas, mon ami?"

Delacroix gelingt es, seinem Protegé einen Gesprächstermin mit den Verantwortlichen von Fibertech in einem Meetingraum am Frankfurter Flughafen zu verschaffen. Neben den drei Vertriebsmanagern sind noch der Europachef des Konzerns Jean-Luc Froissart und der Vice President Olaf Sørensen, im Vorstand zuständig für den Vertrieb, dabei. Zwei

Stunden lang bringen alle Beteiligten ihre Sichtweise und ihre Argumente vor. Nachdem er sich mit seinem Kollegen noch einmal zur Beratung zurückgezogen hat, verkündet Froissart: "Meine Herren, wir haben uns entschieden. Das Münchner Büro wird ab 1. Oktober die gesamten Vertriebsaktivitäten in Deutschland koordinieren mit Dr. Gernhuber als Geschäftsführer. Herr Neumeier wird sein Stellvertreter und Prokurist." "Und wo bleibe ich?", kommt die Frage von Hermann Müller. "Mit Ihnen wird sich Herr Sørensen noch unterhalten. Wir werden für Sie eine Lösung finden. Jetzt bleiben Sie erst einmal in Brilon." Damit scheint klar, dass man sich mit Müller über einen Aufhebungsvertrag verständigen will.

Hochbefriedigt verlässt Daniel am frühen Abend das Meeting. Er hat sein Ziel erreicht, das Versprechen war gegeben. *Das Versprechen, das Daniel Gernhubers Zukunft sichern wird.* Er würde Position, Mitarbeiter, Büro und Dienstwagen behalten und die größere Verantwortung würde finanziell honoriert werden. Noch vom Flughafen ruft er seine Ehefrau an: "Schatz, wir haben etwas zu feiern! Lass uns heute Abend ins Amabile gehen. Die Sterneküche dort ist jetzt genau das Richtige!" Etwas verhalten antwortet sie: "Du, das ist heute ganz schlecht. Ich habe doch meinen Bridgeabend." "Kannst du den nicht einmal ausfallen lassen? Es wäre mir wirklich wichtig!" Daniel beschleicht ein unbestimmtes, ungutes Gefühl. Doch als er am Abend seiner Frau

Clarissa bei einem Glas Champagner ganz erleichtert vom Verlauf des Gespräches und von der positiven Entscheidung berichtet, ist es fast so wie früher. Beide wittern die Chance, dass sie ihre Beziehung doch wieder in den Griff bekommen könnten. Aber so ganz ist der Verdacht, dass seine Frau inzwischen ganz eigene Interessen verfolgen könnte, nicht verschwunden. Die ersten dunklen Wolken ziehen am Horizont auf.

* * *

Der 1. Oktober rückt näher, aber der erwartete Vertrag lässt noch immer auf sich warten. Daniel fragt bei der Europazentrale in Dublin nach, bekommt aber nur die Antwort des Assistenten: "Herr Sørensen ist leider beschäftigt. Ich weiß nur so viel, dass es wohl Veränderungen geben wird. Bitte haben Sie noch etwas Geduld! Wir melden uns bei Ihnen." Auch sein Freund Delacroix weiß nicht viel mehr: "Es hält sich das Gerücht, dass, aufgrund von Druck aus Boston, Sparpläne entwickelt werden, die auch strukturelle Veränderungen mit sich bringen werden. Genaueres weiß ich aber auch nicht. Sobald ich etwas erfahre, sage ich dir Bescheid."

Am 21. Oktober geht bei allen Managern des Konzerns eine unpersönlich gehaltene E-Mail ein, mit einer Videobotschaft des CEO: "Nachhaltige Marktveränderungen verlangen von uns als Weltmarktführer effiziente Anpassungen. Wenn wir im

Haifischbecken überleben wollen, müssen wir adäquate Strategien entwickeln. Wir müssen schlanker werden und unsere Ressourcen konzentrieren. Wir werden die Anzahl der Standorte verringern, Aktivitäten zusammenführen und die Entscheidungswege effizienter machen. Lassen Sie uns in eine erfolgreiche Zukunft schauen!"

In einer weiteren E-Mail findet Daniel die Einladung zu einem Meeting am kommenden Donnerstag in Dublin mit seinem obersten Chef, dem Dänen Olaf Sørensen. Der steigt ganz schnörkellos, wie es so seine Art ist, in das Gespräch ein: "Ich will nicht lange drumherum reden! Sie wissen, dass der Fibertech Konzern Standorte schließen und Stellen abbauen wird, auch im Management. Alles wird auf den Prüfstand gestellt. Leider ist davon auch der Vertrieb in Deutschland betroffen. Es wurde entschieden, dass die Verkaufsbüros in allen Ländern grundsätzlich in der jeweils größten Fabrik des Landes angesiedelt und als deren Abteilung geführt werden. Selbständige Vertriebsgesellschaften werden aufgelöst. Sorry, aber so ist es nun einmal."

Der Schock sitzt tief und es dauert einige Augenblicke, bis Daniel seine Sprache wieder gefunden hat: "Und was heißt das konkret für meine Einheit in München?"

"In Ihrem Falle wird es so aussehen: Die Vertriebsgesellschaft in München wird zum 31. Dezember aufgelöst. Der Vertrieb wird auf die entsprechende Abteilung der RTK Kommunikationstechnik GmbH & Co. KG in Brilon übertragen. Den Mitarbeitern des Münchner Büros werden entsprechende Jobs in Brilon angeboten. Dieses Angebot können Sie annehmen oder sich eine neue Arbeitsstelle in München suchen."

Daniel kann kaum glauben, mit welcher Brutalität die Konzernleitung hier vorgeht. Seine langjährigen Mitarbeiter, die mit ihren Familien im Raum München verwurzelt sind, werden wohl kaum nach Brilon in die sauerländischen Provinz umziehen. Wer in Oberbayern hat überhaupt eine konkrete Vorstellung von diesem nebligen Landstrich südlich des Ruhrgebiets?

"Und was wird aus der Zusage, die Sie mir noch vor Kurzem gegeben haben? Wo bleibt mein Geschäftsführervertrag?"
"Ihr Geschäftsführervertrag wird in einen normalen Anstellungsvertrag umgewandelt. Wir bieten Ihnen an, als Verkaufsleiter die Abteilung in Brilon zu führen. Disziplinarisch wären Sie dem dortigen Werksleiter unterstellt. Fachlich berichten Sie dann direkt an mich. Der Konzern ist bereit, Ihr Gehalt auf dem bisherigen Niveau zu belassen, obwohl es natürlich der neuen Position nicht mehr angemessen ist. Doch da wollen wir in Ihrem Falle großzügig sein. Es wird übrigens auch eine neue Tantieme-Regelung für die Führungskräfte geben."

"Und was geschieht mit den Herren Neumeier und Müller?" "Herrn Neumeier werden wir eine Position als Ihr Stellvertreter anbieten. Mit Herrn Müller werden wir über den Wechsel in den vorzeitigen Ruhestand reden, falls wir seine Erfahrung nicht doch noch brauchen sollten. Herr Dr. Gernhuber, wir bieten Ihnen an, sich den neuen Gegebenheiten anzupassen, oder sich natürlich woanders zu bewerben. Wohlgemerkt, wir möchten gerne mit Ihnen weiter zusammenarbeiten, allerdings werden die Würfel neu gemischt. Falls es Sie tröstet: in den übrigen Ländern machen wir es genauso. Ich empfehle Ihnen, den Paradigmenwechsel zu akzeptieren."

"Vogel friss oder stirb!", denkt Daniel, aber das war ja zu erwarten nach der Videobotschaft. Er erbittet sich Bedenkzeit übers Wochenende.

* * *

Am Wochenende überlegt Daniel die Alternativen, bespricht die Situation mit seiner Frau und mit Rechtsanwalt Gerhard Baumann, einem seiner besten Freunde in München. Wie er es dreht und wendet, man hat ihn übel gelinkt, findet er. Entweder er akzeptiert die Kündigung seines Anstellungsvertrages als Geschäftsführer mit einer Abfindung und geht auf die Suche nach einer neuen Stelle, vielleicht bei der Konkurrenz oder in einer verwandten Branche. Oder er fügt sich erst einmal in sein Schicksal,

geht nach Brilon, versucht sich dort neu zu profilie-
ren und "den müden Laden mal auf Trab zu bringen" und schaut, wie sich die Situation entwickelt.

Daniel führt mehrere Telefonate mit Managern
anderer Unternehmen, die er von Kongressen kennt,
manche sogar recht gut von gemeinsamen kulinari-
schen Erlebnissen. Keiner kann ihm sagen, dass jemand in der Branche nach einer Führungspersön-
lichkeit seines Kalibers sucht. Oder soll er sich an
einen Headhunter oder auf Neudeutsch Outplace-
ment-Consultant wenden? Das kann er ja immer
noch tun, aber ein lückenloser Lebenslauf ist in jedem Fall besser. Also gut, auf nach Brilon, auch
wenn es ihn schmerzt, sein Münchner Heim nur
noch am Wochenende zu sehen. Seine Frau Clarissa
nimmt das alles im Übrigen mit erstaunlicher Gelas-
senheit.

Seine Münchner Mannschaft wird er ohnehin
nicht retten können. Ob jemand zur RTK mitgehen
wird? Falls nicht, wird er sich auf jeden Fall für eine
gute und reibungslose Abfindung einsetzen. Noch
ist er ja Geschäftsführer der Vertriebsgesellschaft
und kann das beeinflussen.

* * *

Schon im November nimmt Daniel die Verkaufsabteilung in Brilon unter die Lupe. Bei der RTK ist
er in den letzten Jahren mehrfach gewesen, aber

unter anderen Vorzeichen. Genau genommen liegt die Fabrik nicht einmal im 25.000 Seelen-Städtchen Brilon, sondern im noch kleineren Ort Olsberg, der sich durch ein Tal zieht. Der Novembernebel taucht alles in ein tristes Grau, als er sich seinem zukünftigen Standort nähert. Rüdiger Kowalski, der Werksleiter, ein eher vierschrötiger Sauerländer, begrüßt ihn mürrisch, denn auch er ist nicht glücklich, dass ihm 'so ein Schlipsträger' in 'sein' Werk hineingesetzt wird, und dazu noch vor die Nase seines alten Freundes Hermann Müller, mit dem er schon gemeinsam die Schulbank gedrückt hat. Insofern hat er auch die Intrigen, die dieser gegen Gernhuber gesponnen hat, gewissermaßen 'wohlwollend begleitet'.

Im Großraumbüro der Verkaufsabteilung schlägt Daniel die Feindseligkeit schon beim Betreten entgegen. Dafür hat Müller gesorgt. Er hat seine Mannschaft geimpft, was für ein arroganter, unredlicher und in jeder Hinsicht übler Geselle der Gernhuber ist, dass er die altgedienten Mitarbeiter loswerden wolle, um sie durch sein eigenes Team zu ersetzen.

"Und wo ist mein Büro?", fragt Daniel. "Das müssen wir erst noch schaffen. Schließlich sind Sie ja bei uns gar nicht eingeplant. Hier auf den Büroetagen ist kein Raum mehr frei. Sie sehen ja selber, wie beengt es hier jetzt schon ist. Ich habe aber schon eine Lösung im Auge", verspricht Kowalski.

Bei seinem nächsten Besuch präsentiert der Werksleiter ihm die Lösung: "Wir hatten im Untergeschoss noch einen Lagerraum für Büromaterial. Der hat zwei Fenster nach hinten raus zur Laderampe für die Lkw. Den habe ich Ihnen schön herrichten lassen. Alles frisch gestrichen, neuer PVC-Boden gelegt. Zwei Schreibtische und zwei Aktenschränke kommen nächste Woche noch von unserem Büromöbel-Lieferanten, die gleichen, wie oben in der Verkaufsabteilung. Dann haben Sie und Herr Neumeier ein schönes, nagelneues Büro." Daniel glaubt es kaum, dass man ihn mit seinem Stellvertreter zusammen in einen kleinen Kellerraum mit kunststoffbeschichteten Funktionsmöbeln in der RAL-Farbe Lichtgrau sperren will. Fern von den Räumen der Mitarbeiter und mit Blick auf die rangierenden Lastwagen und dem entsprechenden Lärmpegel. Das kann doch wohl nicht wahr sein! Er denkt an sein schönes Büro in München mit großzügigen Räumen, dem gläsernen Schreibtisch, den schicken schwarzen Ledersesseln und dem herrlichen Blick auf München. Er protestiert gegen diese unangemessene Unterbringung, allerdings vergebens, da es ganz einfach keinen freien Raum gibt und Müller sein Büro erfolgreich verteidigt.

"Das ist bestimmt erst der Anfang!", befürchtet Daniel. Zu Recht, wie sich schon bald herausstellen wird. Auch die übrigen Rahmenbedingungen lassen keine Freude aufkommen, wie ihm Kowalski von vorneherein zu verstehen gibt: "Wenn Sie etwas brauchen, wenden Sie sich bitte an meine Sekretärin! Dort können Sie auch Ihre Reisespesenabrechnung einreichen. Wir hier im Sauerland dulden nämlich keine Verschwendung. Übrigens unterstehen die Mitarbeiter im Verkaufsbüro nach wie vor Herrn Müller und daran wird sich auch nichts ändern. Sie sind zwar jetzt deren Fachvorgesetzter, aber die Personalverantwortung bleibt bei ihm."

Der Einzige, der ihm in diesem feindseligen Betrieb wohlgesonnen ist, scheint der Leiter der Finanzbuchhaltung zu sein, der gleichzeitig auch die Funktion des stellvertretenden Werksleiters innehat. Als er ihn nach der Empfehlung einer Unterkunft fragt, erhält Daniel den Tipp: "Wir haben hier zwei kleine Werkswohnungen, beide mit Dusche und kleiner Küche, die normalerweise von den Monteuren genutzt werden, die unsere Maschinen warten. Davon können Sie eine haben. Naja, eigentlich sind das eher Zimmer mit Bett, Tisch und Küchenblock im Raum. Aber ich fürchte, darin werden Sie sich nicht wohlfühlen. Da würde ich Ihnen eher das Gasthaus "Dorfkrug" im Nachbarort empfehlen. Die haben auf jeden Fall saubere Zimmer mit Wannenbad. Und essen kann man dort auch ganz ordentlich, jedenfalls, wenn man Jägerschnitzel und ordentliche Eintöpfe mag. Ansonsten müssten Sie sich wohl eine Wohnung suchen, vielleicht in Brilon, denn hier ist der Hund begraben. Das werden Sie noch sehen. Meine Familie ist lieber in Hamburg geblieben, wohin ich jedes Wochenende fahre." Das sind ja wirklich tolle Aussichten!

Die Arbeitsatmosphäre ist äußerst angespannt, als Daniel im Januar seinen Dienst bei RTK antritt. Statt ihn persönlich zu begrüßen und ihn der Belegschaft als neue Führungskraft vorzustellen, beauftragt Werksleiter Kowalski den Assistenten des technischen Leiters, mit Daniel einen Rundgang durch das Werk zu machen. Wo sein neues Büro ist, weiß er ja bereits. In dem bis auf die wenigen Möbel vollkommen leeren Büro liegt neben dem schon älteren Windows-Rechner lediglich ein Laufzettel auf dem Schreibtisch mit seinen Terminen: 11.00 Uhr Betriebsarzt, 12.00 Personalabteilung und der Hinweis, dass er sich in der Büromaterialausgabe besorgen könne, was er brauche. Welch ein Empfang am neuen Arbeitsplatz! Die nächste Demütigung kommt, als er sich selber den Mitarbeitern in der Vertriebsabteilung vorstellt, jeden Einzelnen persönlich begrüßt, verbunden mit dem Wunsch nach einer angenehmen Zusammenarbeit, und Daniel erklärt wird, dass man Anweisungen ausschließlich von ,ihrem' Vorgesetzten Hermann Müller entgegennähme - Mobbing par excellence.

Natürlich beschwert sich Daniel beim Werksleiter und führt ein ernstes Gespräch, erfährt aber letztlich keinerlei Unterstützung. Er ruft Sørensen an und schildert die Situation in Brilon: "Ich bin nicht bereit, eine solche Blockade und Behandlung hinzunehmen. Ein vernünftiges Arbeiten ist mit der dortigen Mannschaft unmöglich. Es dürfte wohl im Sinne der Company sein, dass sich hier etwas ändert." "Das ahnte ich nicht, Herr Dr. Gernhuber, ich werde wohl mal ein ernstes Gespräch mit Kowalski führen müssen", verspricht der Däne. Schon drei Tage später trifft er in Brilon ein und führt das notwendige Gespräch mit dem Werksleiter: "Wenn Sie nicht umgehend kooperieren, werden wir Sie abmahnen! Und was danach kommt, können Sie sich ja vorstellen. Also, in Ihrem eigenen Interesse: Behindern Sie nicht die Arbeit von Herrn Dr. Gernhuber! Machen Sie das auch den Mitarbeitern unmissverständlich klar! Wer nicht kooperiert, fliegt raus. Und das gilt auch für Herrn Müller. Wir werden ihn ganz genau im Auge behalten."

Offensichtlich nimmt sich Kowalski das zu Herzen und instruiert seine Mitarbeiter entsprechend. Jedenfalls wird Daniel nun endlich ein normales Arbeiten möglich, wenngleich auch ein gewisses Mistrauen ihm gegenüber bleibt. Dies hat Müller ihnen schließlich über Monate eingeimpft. Als sie nach etlichen Wochen endlich zur Erkenntnis gelangen, dass sie einer Intrige aufgesessen sind, kann Daniel nun endlich beginnen, ein neues Team zu bilden.

Doch die negativen Erfahrungen reißen nicht ab. Am Ende des ersten Quartals kommt von der Konzernspitze die Botschaft, dass die Tantiemen für alle

Manager der unteren und mittleren Führungsebene in diesem Jahr gestrichen werden, weil die Zielvorgabe von plus 10 % Gewinn im letzten Jahr nicht erreicht worden sei. Daniel überlegt sich, ob er dagegen rechtlich vorgehen soll, denn diese Zielvorgabe ist völlig unrealistisch. Außerdem läuft der Leasingvertrag für seinen BMW aus und er erhält von Werksleiter Kowalski die Auskunft: "Ihnen steht künftig ein drei Jahre alter VW Passat Variant zur Verfügung, der sich noch in unserem Fuhrpark befindet. Der Konzern hat uns Sparmaßnahmen verordnet."

* * *

Auch das Privatleben verläuft nicht wie erhofft. Zunächst fährt er an jedem Freitagabend die 600 km nach Herrsching und am Sonntagabend wieder zurück nach Brilon, sofern er dies nicht mit Geschäftsbesuchen verbinden kann. Mehrfach passiert es, dass Clarissa bei seiner Ankunft gar nicht da ist. Töchterchen Emily hat sie zu ihren Eltern nach Gauting gebracht, was direkt auf dem Wege nach München liegt. Daniel stellt sie zur Rede: "Ich dachte, wir sind eine Familie und führen eine Ehe! Wenn ich auch gezwungen bin, so weit entfernt zu arbeiten, so erwarte ich doch zumindest, dass wir die Wochenenden gemeinsam zu dritt verbringen!" "Du bist die ganze Woche nicht da, kümmerst dich überhaupt nicht um deine Tochter. Weißt du überhaupt, wie ihre Klassenlehrerin heißt? Was weißt du überhaupt noch von deiner Tochter? Von mir ganz zu schweigen. Eine Familie ist das nicht mehr!", ereifert sich Clarissa. "Es sollte dir eigentlich klar sein, dass ich mit 39 Jahren nicht die ganze Woche zuhause sitze und darauf warte, dass der gnädige Herr am Wochenende für zwei Tage kommt, um sich bedienen zu lassen. Dafür, mein Leben als freudlose Strohwitwe zu fristen, bin ich noch zu jung." Ein Wort ergibt das andere und nach mehreren Diskussionen derselben Art muss Daniel erkennen, dass sich seine Ehefrau wohl anderweitig orientiert hat und die Ehe am Ende ist.

Zwei Monate später wird Daniel ein Brief des Amtsgerichts Starnberg zugestellt. Seine Frau hat die Scheidung eingereicht. Vergebens versucht er sie zu erreichen. Ebenso seine Tochter, die aber, vermutlich auf Druck ihrer Mutter, gar nicht reagiert. Er wendet sich an seine Schwiegereltern, doch die mauern und schirmen Clarissa und Emily ab. Seine Familie existiert nicht mehr.

Daniel trifft sich mit Münchner Freunden, von denen sich manche bereits zurückziehen, weil sie im Konflikt des Paares keine Stellung beziehen wollen. Die meisten anderen haben selbst Familien und ihnen geht Daniels Lamento irgendwann auch einmal auf die Nerven. Daniel bleibt also auch an den Wochenenden immer öfter in seiner sauerländischen Zweizimmerwohnung. Da er noch nicht weiß, wie sich alles entwickeln wird, hat er sich erst einmal

stimmt. Darüber, wie so etwas möglich ist, kann man sich sicherlich seine eigenen Gedanken machen. Es entsteht ein Riese mit knapp 60.000 Mitarbeitern an 112 Standorten weltweit. Wie viele davon wohl die Fusion überleben werden?

Zeitgleich erhalten die Führungskräfte beider Unternehmensgruppen eine gleichlautende E-Mail mit angehängter Pressemeldung und eine Einladung zu einem Meeting am 14. November nach Dublin, dem Firmensitz von Fibertech. Die 667 Manager der oberen und mittleren Führungsebene sind eingeladen, im O'Connor Congress Center auf die neue Konzernstrategie eingeschworen zu werden. Daniel nimmt den ersten Flug nach Dublin, wo er auf viele bekannte Gesichter trifft. Alle Eingeladenen sind positiv gestimmt, als die Motivationsshow schließlich verkündet: "Ihr seid die Zukunft von United Fibertech Systems! Mit euch werden wir den Wettbewerb in die Schranken weisen!" Am Abend wird gefeiert. Daniel hat sich vergeblich bemüht, ein Gespräch mit Sørensen zu führen, um Näheres über die Pläne für Deutschland zu erfahren. Dafür findet er an der Hotelrezeption eine Einladung zum Frühstück für den nächsten Morgen um 8:00 Uhr.

Daniel erkundigt sich, wie es weiter gehen soll. Sørensen kommt ohne Umschweife zur Sache: "Wie Sie wissen, Dr. Gernhuber, bringen beide Konzerne ihr Management in die Fusion ein. Davon wird verständlicherweise nur noch die Hälfte benötigt. Wir haben uns darauf verständigt, dass beide Altkonzerne abwechselnd jeweils eine Führungsebene besetzen. Die Ihre geht leider an FCS. Damit wird die Zukunft in unserem Konzern leider ohne Sie stattfinden, was ich persönlich übrigens sehr bedaure. Aber so lautet nun einmal die Entscheidung. Sehen Sie es positiv, Herr Dr. Gernhuber: *Sie stehen jetzt dem Arbeitsmarkt wieder zur Verfügung!*"

Aus Daniels Gesicht ist jede Farbe entwichen. Er braucht eine Weile, um das Gesagte und den Zynismus seines Gegenübers zu begreifen: "Und warum haben Sie mich dann überhaupt noch nach Dublin eingeladen? Es war doch schon beschlossene Sache, dass ich nicht mehr dazugehören werde." "Wir wollten keine Unruhe in diese wichtige Veranstaltung bringen. Das hätte diejenigen, die bleiben werden, nur unnötig demotiviert. Aber keine Sorge, wir werden selbstverständlich zu den Vereinbarungen in Ihrem Arbeitsvertrag stehen. Sie erhalten die zugesicherte Abfindung und nach einem Jahr Sperrfrist sind Sie frei, dahin zu gehen, wohin Sie möchten. Auch zur Konkurrenz, falls diese dann noch existiert."

Der Schock sitzt tief. Daniel kann noch gar keinen klaren Gedanken fassen. "Eiskalt abserviert nach 15 Jahren Firmenzugehörigkeit? Dafür habe ich meine Familie geopfert! Mein Team in München! *Ich habe dem Versprechen vertraut, das man mir in München gegeben hat!* Habe zunächst alle Demütigungen hingenommen im Hinblick auf eine positive Perspektive! Habe mein schönes Haus in München aufgegeben zugunsten von zwei möblierten Zimmern am Arsch der Welt! Habe meine Zukunft diesen Schweinen anvertraut! Und wofür das alles?" Daniel läuft erst einmal ziellos durch die Stadt, muss sich irgendwie bewegen. Ein leichter Nieselregen durchnässt seinen Mantel. Er geht in ein Museum, ohne sich später zu erinnern, in welches. Trinkt zwei, drei schnelle Pints Lagerbier in einem Pub. Setzt sich auf eine Parkbank und merkt, wie er feuchte Augen bekommt und ein Gefühl von Verzweiflung in ihm hochkriecht, sich in alle Poren seiner Haut festsetzt. Ihn zu verschlingen droht.

* * *

Zurück in Brilon lässt sich Daniel zunächst einmal mit sofortiger Wirkung freistellen. Ein vernünftiges Arbeiten ist unter den Bedingungen ohnehin nicht mehr möglich. Vorher geht er allerdings noch einmal auf Tournee, um seinen wichtigsten Geschäftspartnern die Situation zu erklären. Mit einigen von ihnen verbindet ihn mittlerweile durchaus eine Art Freundschaft. Alle bedauern sein Ausscheiden bei Fibertech, aber keiner hat ihm einen Job oder eine sonstige Lösung anzubieten.

Also heißt es, sich auf dem freien Markt zu bewerben. Daniel studiert die einschlägigen Anzeigen. Er sucht sich die Adressen der fünfzig ihm am interessantesten erscheinenden Unternehmen heraus und verschickt seine Bewerbungen. Schließlich hat er einen durchaus interessanten Lebenslauf vorzuweisen und dazu einen hervorragenden Ruf. Auf insgesamt 73 Bewerbungen erhält er 18 Absagen und drei Einladungen zum Vorstellungsgespräch, davon zwei von Unternehmensberatern. Von den übrigen 52 angeschriebenen Unternehmen gibt es überhaupt keine Reaktion.

Das Vorstellungsgespräch bei dem Unternehmen, einem internationalen Tierfutterhersteller, verläuft verhalten positiv. Es gibt noch weitere Bewerber mit besseren Branchenkenntnissen, aber zumindest wolle man ihn in die Auswahl einbeziehen. Man werde von sich hören lassen. Daniel glaubt nicht daran, denn er ist sicherlich kein Tierfutterspezialist. Und ehrlich gesagt, sein besonderes Interesse trifft dieses sehr untechnische Betätigungsfeld auch nicht wirklich, ihn als promovierten Ingenieur für Verfahrenstechnik.

Beide Personalberater geben ihm zu verstehen, dass er im Alter von 50 Jahren schon "zum alten Eisen" gehöre. Für fast jede Position stünden jede Menge junger, dynamischer Bewerber Schlange, die "hungrig sind, noch richtig Biss haben" und deren Gehaltsvorstellungen noch nicht einmal die Hälfte von Dr. Gernhubers Grundbezügen erreichen. Einer der Headhunter bietet ihm an, auf Daniels eigene Kosten auf die Suche nach einem geeigneten und lukrativen Job zu gehen. Drei Monatsgehälter Erfolgshonorar seien branchenüblich und würden mit der nicht erstattungsfähigen Anzahlung von 10.000 Euro verrechnet. Daniel sagt, er werde sich das überlegen. Bei der nächsten Bewerbungsrunde wird er eine deutlich niedrigere Gehaltsvorstellung angeben. Aber darf man sich eigentlich aus purer Frustration heraus so weit unter Wert verkaufen?

* * *

Völlig deprimiert sitzt Daniel am Tisch seiner möblierten Wohnküche vor dem letzten Rest aus seiner Rotweinflasche. Seit Tagen grübelt er nur noch vor sich hin, zieht wieder und wieder das Fazit seines Lebens. Er ist jetzt 50 Jahre, hat keine Familie mehr, findet keinen Job, denn dafür ist er zu alt und zu teuer. In seinem Selbstmitleid fehlt ihm die Kraft, ernsthaft über eine mögliche Selbständigkeit nachzudenken. Er sieht keine Perspektive. In den schwärzesten Momenten kommt ihm der Gedanken, er könne dem allen ja auch ein Ende bereiten. Einfach Bumm und aus!

Aber dafür überwältigt Daniel jetzt eine Wut, die Wut auf diejenigen, die seine Situation verursacht haben, *die ihr Versprechen gebrochen haben*. Das damals in Frankfurt gegebene Versprechen, das seine Zukunft sichern sollte. Wut auf diejenigen, die vor lauter Profitgier sein Leben zerstört haben, ihm die Zukunft genommen haben, die Familie, seinen Lebensinhalt! Am liebsten würde er sie alle zur Rechenschaft ziehen. Einen nach dem anderen. Ihnen die Perspektive nehmen, nein, nicht nur die Perspektive! Rache ist süß!

Die nächste Flasche Rotwein bestätigt ihn, sich zu rächen. Er wird sie alle umbringen, diese Schweine! Erschießen! Schließlich war er einmal ein guter Schütze gewesen, damals, bei der Bundeswehr! Ein sehr guter sogar! In den nächsten Tagen drehen sich seine Gedanken nur noch um die Rache. Seine Wut wird immer aggressiver, immer verzweifelter. "Was habe ich denn noch zu verlieren? Ich werde sie alle mitnehmen!"

Eines Morgens steht er auf, mit klarem Kopf, lässt das spärliche Wasser der Dusche kalt über sein Gesicht, über seinen Körper laufen, macht sich einen starken Kaffee. Er spürt, wie seine Energie zurückkommt, getrieben von seiner Wut auf die Schuldigen. Aber vorher muss er wieder fit werden, muss sich aus dem tiefen Tal seiner Depression herauskämpfen. Sonst hat er keine Chance, seine Rachepläne umzusetzen. Er wird mit dem Trinken aufhören, er wird seinen Körper trainieren. Und er wird seine Gedanken fokussieren auf das eine Ziel: Rache. Er weiß auch schon, wie.

* * *

Daniel nimmt Kontakt auf zu René Huntzenwiler, dem Leiter der Assistance Technique von Vitrofil. Mit dem gebürtigen Elsässer verbindet ihn eine feste Freundschaft, die schon vor vielen Jahren bei gemeinsamen Reisen zu Kunden entstanden ist. Beide lieben die gute Küche und erlesenen Wein. René war in jungen Jahren bei der 'Légion Étrangère', der Fremdenlegion, und hat verschiedentlich durchblicken lassen, dass er dorthin noch gute Kontakte hat zu ehemaligen 'combattants', Kampfgenossen. Die beiden Freunde treffen sich in dem malerischen elsässischen Städtchen Riquewihr, das von Touristen derart überlaufen ist, dass es gar nicht so einfach ist, einen ruhigen Tisch zu finden. Bei einer 'Choucroute' gibt ihm Daniel zu verstehen, dass er unbedingt ein Scharfschützengewehr mit Infrarot-Zielfernrohr benötigt und eine Pistole mit Schalldämpfer. "Daniel, was willst du damit?" "Ich will mich schützen. Bitte, René, frag nicht weiter!" René ahnt den wahren Grund dieses ungewöhnlichen Wunsches, behält das jedoch für sich, denn auch er wurde in seinem Leben schon zu oft gedemütigt.

Beim nächsten Treffen, drei Wochen später, nachts in einem menschenleeren Gewerbegebiet in der Nähe von Kehl an der deutsch-französischen Grenze, erhält Daniel eine Barrett MB2 mit nachtsichtfähiger Zieleinrichtung und eine Glock 19 mit Schalldämpfer, alles wie gewünscht. 5.000 Euro in bar wechseln den Besitzer. Damals bei der Bundeswehr hatte Daniel sein Talent fürs Schießen bewiesen. Ob er heute auch noch in der Lage wäre, einen Präzisionsschuss über mehrere hundert Meter mit schlafwandlerischer Sicherheit auszuführen? Acht Wochen lang übt er nun täglich in einer stillgelegten Kiesgrube, bis er endlich mit seiner Treffsicherheit zufrieden ist. Zwar kommen ihm immer mal wieder Zweifel an seinem Vorhaben, denn eigentlich ist er ja kein Mörder. Aber letztlich gewinnen Wut und Verzweiflung die Oberhand. Mit dem angeblich weltbesten Scharfschützengewehr sollte es doch möglich sein, seinen Plan umzusetzen. Endlich kann der Rachefeldzug beginnen.

* * *

Als Ort für das Deutschland-Treffen der United Fibertech Systems hat man diesmal das noble Hotel Frankfurter Hof in der Mainmetropole ausgewählt. Außer Europa-Chef Jean-Luc Froissart, Vice President Sørensen und den beiden Werksleitern Rüdiger Kowalski von RTK in Brilon und Elmar Schneider von Kabel & Strom in Herzogenaurach ist noch Carl Doll, der Werksleiter der ehemaligen FCS-Tochter EMS dabei. Die Fünf verlassen gerade das Hotel, als drei gezielte Schüsse Froissart, Sørensen und Kowalski niederstrecken. Alle drei haben ein Loch in der Stirn und sind sofort tot. Die Schüsse kamen aus dem schräg gegenüberliegenden Parkhaus. Die 34jährige Fischfachverkäuferin Johanna B., die gerade ihren älteren VW Polo auf dem vierten Parkdeck verlassen will, hört ein 'Plopp', das sie nicht zuordnen kann, und spürt plötzlich etwas Feuchtes, Rotes auf ihrer Stirn, wie sie später der Polizei zu Protokoll geben wird.

Zwischen zwei Autos in der Nähe liegt ein Toter mit zerplatztem Schädel, der seine DNA in der Umgebung verteilt hat. Neben ihm findet der erste eintreffende Polizeibeamte eine Glock 19 mit Schalldämpfer.

Ende gut – alles gut

Hat Ihnen, werte(r) Leser*in, dieses Buch gefallen? (Hoffentlich habe ich das jetzt politisch korrekt hinbekommen!). Dann lesen Sie doch mal das letzte Werk von Robin Hut, eine Sammlung von schrägen Ideen, Gedichten und Texten. Näheres dazu unter:

www.der-wortspieler.de

Es heißt "**Undichtigkeiten** – Schräges – Poetisches - Prosaisches" heißen und ist Mitte 2020 ebenfalls im Hamburger Verlag **tredition** erschienen.

Im Buchhandel, bei den Online-Anbietern und direkt beim Verlag erhalten Sie es unter den ISBN-Nummern:

978-3-7497-4570-8 Paperback
978-3-7497-4571-5 Hardcover
978-3-7497-4572-2 e-Book

* * *

Ich bin übrigens schon ganz gespannt auf Ihre Kommentare zu den "Wendepunkten" und freue mich auf Anregungen, Kritik, wohlmeinende Verrisse und ultimative Lobeshymnen. Schreiben Sie mir doch eine E-Mail an: **robin.hut@der-wortspieler.de** !

Robin Hut

Undichtigkeiten

Schräges - Poetisches - Prosaisches

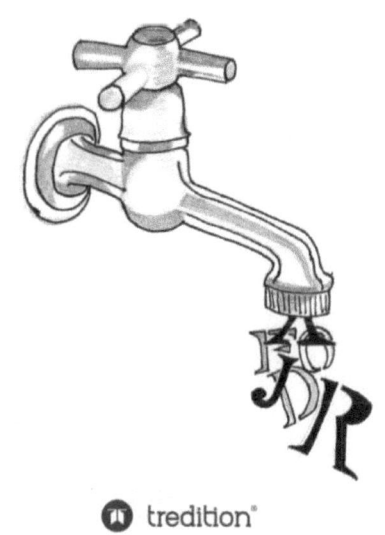

tredition

FSC
www.fsc.org

MIX

Papier | Fördert
gute Waldnutzung

FSC® C083411

Zeitfracht Medien GmbH
Ferdinand-Jühlke-Straße 7
99095 Erfurt, Deutschland
produktsicherheit@kolibri360.de